窗前有棵银杏树

蒲晓蓉 著

上海文艺出版社
Shanghai Literature & Art Publishing House

图书在版编目（ＣＩＰ）数据

窗前有棵银杏树 / 蒲晓蓉著 . -- 上海：上海文艺出版
社，2024
（黄河文丛 / 孙茂同，赵方新主编）
ISBN 978-7-5321-8947-2

Ⅰ.①窗… Ⅱ.①蒲… Ⅲ.①散文集－中国－当代
Ⅳ.①I267

中国国家版本馆 CIP 数据核字 (2024) 第 009721 号

发 行 人：毕　胜
策 划 人：杨　婷
责任编辑：李　平　程方洁　汤思怡　韩静雯
封面设计：悟阅文化
图文制作：悟阅文化

书　　　名：窗前有棵银杏树
作　　　者：蒲晓蓉
出　　　版：上海世纪出版集团　上海文艺出版社
地　　　址：上海市闵行区号景路 159 弄 A 座 2 楼
发　　　行：上海文艺出版社发行中心发行
　　　　　　上海市闵行区号景路 159 弄 A 座 2 楼 206 室　201101　www.ewen.co
印　　　刷：成都市兴雅致印务有限责任公司
开　　　本：880×1230　1/32
印　　　张：84
字　　　数：2079 千
印　　　次：2024 年 1 月第 1 版　2024 年 1 月第 1 次印刷
I S B N：978-7-5321-8947-2
定　　　价：398.00 元（全 10 册）

告读者：如发现本书有质量问题请与印刷厂质量科联系　T：028-83181689

序

因为热爱

⋯⋯⋯⋯⋯⋯⋯⋯⋯

这本集子，酝酿了很多年。

十六岁那年，当零碎的生活片段涂满了一个个胶皮日记本时，喜欢阅读和写作的我给自己取了个笔名：未末。而每本日记的扉页上，也端端正正印上了一个共同的名目：未末日记。这一本本日记，被我视为珍宝，它们是我最初的文学梦想，是我想象中关乎自己文字的书籍雏形。大学毕业后，好多学生时代的家当都做了断舍离，唯这一摞摞沉甸甸的日记本，我走到哪里，它们跟到了哪里，从来不曾被遗弃。在潜意识里，一直有个声音在告诉我：人生唯爱好与梦想不可遗失。

然生活终究是繁忙琐碎的，毕业后，教书育人、结婚生子、养家糊口，学生时代的生活，被尘封在发黄的日记本里的，那些青涩的记忆如流水远逝，要想掬起一捧似乎已经很难了。但梦想和初衷并未消失，三十余年后，当嗷嗷待哺的孩子逐渐长大，当奔忙的脚步逐渐舒缓，当生活的不安和慌乱渐渐褪去，人到中年的我，在时光和岁月地打磨中，对人生多了更深层次的思考和领悟。闲暇时分，或凭栏听雨，或依窗沐阳，铺一页纸，衔一支笔，生活的点点滴滴在时光蒸发中继续氤氲成行。

这本集子，选录的便是我三十岁之后的文字，分时光印迹、人物散记、风物游记、生活杂谈四部分，有对旧时光的无限怀念，有对自然美景的赞美流连，有对至爱亲情的真情回放，也有对生活万象的品悟慨叹，字里行间，流露出对世间万物的关注，充溢着对生活的热爱。集子所收篇目不多，文笔浅拙，但它是我个人思想与生活碰撞后留下的一道划痕，或深或浅，或明或暗，记载着我的哀愁与欢乐、亢奋与失落。它又像一卷长长的胶片，把我人生的一个个精彩片段默默定格下来，随时等我将它重新展开。时间是个很残酷的东西，它能把真实化为虚无，让一切鲜活的人事都成为过往。但文字却是时间的天敌，它恰恰能留住那些宝贵的瞬间，把快要飘忽飞逝的东西定格成永恒，并随时提醒我们：你，曾经这样存在过。然而，存在不应该只是一个简单的命题，不能一味地停留在衣食住行里，走完一段里程，回望、思考；发现、总结，给自己或者后人留下点什么，我想，这应该是所有热爱和使用文字的人们的初衷。

因着这份热爱，结集出版了这本散文集。除了圆梦，除了对自己半个历程的人生有所交代，也希望这些朴实无华的文字能在以后老去的岁月带给我足够的回味。当然，倘若它的某个触角有幸能让眼前的你产生哪怕一丝的震颤或者引发一瞬的共鸣，我会更感欣慰。

2023年10月20日于金城

/ / / CONTENTS **目录**

时光印迹

人物散记

风物游记

窗前有棵银杏树
CHUANGQIANYOUKEYINXINGSHU

生活杂谈

捕鼠记

　　住了一个多月的医院，回到家中，发现住了近十年的房子居然有了老鼠。

　　发现有老鼠，是因为最初橱柜旁边出现了几粒疑似老鼠屎的黑色米粒般的东西，当时心中虽有疑惑和嫌恶，但我并没有大呼小叫，不然老公又会说我啥事都一惊一乍的。我恨恨地把那些细小杂碎收拾清理掉，然后用灭害灵、84消毒液、洗洁精等清洗剂各种喷抹和冲洗，恨不得立即把那藏在阴暗角落里贼头贼脑的鬼东西给揪出来。

　　我家有鼠患的迹象接下来越来越明显，连着三天，不是餐桌纱罩下盘中的饭菜被挪移得四散皆是，就是茶几上的各种水果被啃噬得千疮百孔，更可恶的是挪开沙发，墙角赫然出现了一堆堆食物残渣和星星点点的鼠粪。这下轮到老公怒不可遏了，老公与老鼠有不共戴天之仇。十几年前，老公弟弟出交通事故，老公半夜三更被电话唤醒，就在起床穿衣准备赶去现场处理问题时，居然发现裤腿夹层里藏了一只肉乎乎软绵绵的东西，用手一试探，竟然是只老鼠！老公气不打一处来，气急败坏地当场用他的"铁砂掌"捏死了那厮。自此后，他就认定家里驻进了老鼠非为吉祥之事，即使不预示着家道中落至少也意味着家有晦气。联想起我的住院，以及婆婆小叔子近段时间的先后就医，老公更坚定了他的想法。他紧锣密鼓，准备与霉运和来犯者决一死战，一副不除贼寇誓不罢休的姿态。

这次人鼠大战中，与老公结成联盟的，除了我，还有大姐和大姐夫。大姐率先上阵，从街边小贩处买来几块廉价的粘鼠板，回来后压低声音神神秘秘地教我们如何使用。我不小心说话嗓门大了点，大姐赶紧手指押唇嘘声道："那鬼东西精得很，它们能听懂我们说话，小声点，千万别让它们听到了。"见大姐煞有介事的样子，我忍俊不禁，却不敢笑出声来。几块粘鼠板很快被布局下去，厨柜边，餐桌旁，茶几下，沙发后，凡是那些鬼东西频繁光顾的地方我们都设了套。布局完毕，老公显得尤其欣慰，那感觉似乎已经听见了半夜时分敌人被粘住后的叽叽惨叫，其实我知道他更期待天亮后看见每个粘鼠板上都趴着一个挣扎得精疲力竭的大老鼠。

然而老公失望了，第二天天色未明他便兴致勃勃地起床查看，打算给我展示他的战斗成果，结果却无精打采回到了卧室。那鬼东西果然精得很，它们吃光了粘鼠板上香喷喷的诱饵，却连一根鼠毛都没留下。不仅如此，它们还在上面留下了密密麻麻的小爪印，像是在上面跳过舞，那些滑稽的符号简直就是在向我们示威。我们百思不得其解，那些粘鼠板尽管廉价，但任何带毛的东西一旦挨上便无法剥离，这些小杂碎是如何逃脱的？不过沮丧之余我们也没完全泄气，小老鼠啊小老鼠，你们逃得过粘鼠板，却逃不过粘鼠板上的诱饵，那里边可是有老鼠药的，你们就等着暴尸墙角吧！

然而我们太乐观了，接下来的两天，搜遍屋子，我们不仅没有看到死老鼠，相反，发现先前遗留下来的诱饵也被吃光了，明显它们又来光顾过。这太过分了，鼠药药不死老鼠，它们百毒不侵，还真应了那句话：这世道连老鼠药都是骗人的？

这下轮到姐夫不服气了，姐夫自认为斗鼠有方，他听说有种红色小药瓶特神奇，其散发的异味可以满屋弥散，人畜无害，唯老鼠不敢近身。他四方打听，然后以最快速度弄来了这种驱鼠药并把它们分别置放在我家几个屋子的角落里。为了验证他搞来的药有效，姐夫又特意把一些残羹肉骨放到了先前老鼠们爱光顾的地方。他说："瞧着吧，它们绝对不敢来了。"然搞笑的是第二天起来一看，地面空空如也，头晚备下的肉骨头全部不翼而飞，只留下旁边的小红药瓶孤零零横倒在那儿，那样子像极了我方战败了的小兵小卒。

几番对阵，几次失利，老公输急了眼，就连我这个看热闹的也觉得老鼠欺人太甚。我们如果就这样任凭这些"恶势力"在我们的领地猖獗，那我们真的就霉到家了。我终于明白老公为何如此厌恶这些老鼠，我们决定携起手来，对敌人展开大规模的彻底围剿。我们买来20张强力粘鼠板，在摸清了敌人的来犯路线后，在其必经要道，密密麻麻排下阵来。放眼望去，家里地面上到处是白花花一片，使得大家不得不相互提醒：走路脚抬高点，别踩雷上了。

俗话说得好，团结就是力量，我们的同仇敌忾终于赢来了胜利。在大规模围剿后的第二天早上，我听见老公在客厅兴奋地喊："老婆，粘板上有货了！"这家伙，自捕鼠战拉开帷幕至今，每天关注敌人动态所用的精力远远超过和老婆的耳鬓厮磨。

取得了初步胜利后，为了巩固成果，我们一直没有收捡粘鼠板，任由它们在我们家的交通要道上摆放着，希望敌人的残兵剩勇能最后上套。可就那么奇怪，那些小老鼠好像已经被赶尽杀绝了，自此后再也没有露过面。倒是有天晨起，我于迷迷糊糊中哼着小调去洗手间，一步、两步、三步……曲音未落，脚下却一紧，一只鞋子怎么拔也拔不起来：糟糕，我蹚雷上了！

2017年12月于金城

乡坝月儿圆

童年的山村，西山的夕阳还未完全落下，晚霞还未褪散殆尽，东面山坡上便依稀有了透明微白的月影，和着炊烟袅袅，妈妈长一声短一声的唤归开始。村子里，空旷寂寞了一天的院坝逐渐喧闹起来。白天里那些放牛的、割草的、替爹妈带了一整天弟妹的孩子们终于有了点空闲，一个二个像扯断了缰绳的野马幺五呵六地聚到了一块开始了他们的嬉笑打闹，丢窝、斗鸡、打沙包、跳房子，偷闲时光最难得，不从日薄西山玩到月过柳梢，这群贪玩的主绝不回归各自土坯垒成的家。

皎洁的月光下，场院的地面泛着朦胧的白光，我们除了打沙包斗鸡跳房子，偶尔也在院坝的竹林旁荡秋千：找两株长得壮实的有一定间距的竹子，在竹子中间拴上大拇指粗的麻绳，麻绳上绑上一个小板凳，一个简易的秋千就做好了。无论男娃还是女娃，秋千上只要一坐上人，两侧或者背后便会有小伙伴争相来推送。随着秋千的起送，咯咯的笑声便也飞了起来，秋千荡的越高，笑声就越激越。随着笑声的飞扬，栖息在竹林里的鸟儿们蓦地被惊起，噗唰唰乱飞，头上月亮被惊得走了位，地上的竹影也被摇得零碎散乱，颤动不已。竹林旁可以打秋千，石磨地沟边更适合"打仗"、捉迷藏。尤其是男孩子们，三五结对分成两派，端着用木枝树杈做成的"机关枪"，或匍匐在地沟边，或躲在磨盘后，嘴里嗒嗒地互相"扫射"着，偶尔还会有人"哎哟"着应声倒下。如果有一方从"战壕"里一跃而出的话，那就意味着另一方该举手投降了。整个过程做足了戏，实在过瘾刺激。

没大人的时候，我们玩得酣畅放肆，有大人的时候，我们也不忌惮。月色好的夜晚，大人们会纷纷端着圈椅凉凳到院坝里来乘凉，好夜色不能辜负。他们通常会把孩子召集起来围坐一圈比赛剥苞谷或者花生米什么的，那其实也是挺有乐趣的一件事。我们每人一把刮子（没有刮子的，就用大人剥光的玉米骨代替），一个装满玉米棒子的小筲箕。等不得大人一声令下，玉米粒便像下雨一样四处飞溅，顷刻间，周围全是"唰唰唰"雨滴掉落的声音，谁处的雨声越急，说明谁的速度就越快，到最后小筲箕里玉米棒子剩的多的人会罚讲一个小故事。故事大多是关于天上的神话传说，比如嫦娥奔月、牛郎织女，还有七仙女下凡之类，总之很让小孩子神往。遇到手上没活儿的时候，人们也会在院子里铺放一张大大的晒席，大人们盘坐其间谈论家长里短、天气庄稼；孩子们则横七竖八躺上面仰天看月，偶尔遇到有小孩子手指月亮，便会有大人立即喝止并教唱一首儿歌："月亮婆婆，你莫割我耳朵，我的耳朵是个铁铁，把你刀刀打成缺缺。"不然，晚上睡着了，耳朵就会被天上飞下来的月亮婆婆偷偷割掉一小块的。

童年最难忘的月夜，便是踩着白月光过河坝，越土坡，翻山越岭去各村各社看坝坝电影。月光下，一通向前的田埂河堤，弯弯曲曲的山间小路，都被月色淘洗得清幽明净。斑驳的树影一路延伸，人们腋下夹着小板凳，手中扯着大的，怀里抱着小的，后面跟着中不溜的，三三两两说说笑笑，高一脚矮一脚地奔走在凹凸不平去看电影的乡间小路上。对于小孩子来说，与其说是去看稀奇看电影，不如说是去享受大人们在邻村邻社为他们开辟的又一个临时乐园。村村社社的空地上，场内场外挤满了人，往往场内屏幕上人影晃动，大人无比专注，场外却童声喧哗，热闹异常。小家伙们没一个安身冷静，扮解放军对峙枪战，东躲西藏捉猫猫，嘻嘻哈哈追逐打闹，古老的游戏节目怎么也玩不乏味。待电影接近尾声，场内开始骚动，听着大人们扯着嗓子牛娃狗娃的呼唤声，小东西们便知道影毕夜归的时候到了，这才磨磨蹭蹭依依不舍地和新结识的邻村玩伴们告别。头顶着同一轮明月，黄发垂髫伛偻提携，人们又开始结伴而归。这时候，月下的乡间小路就没来时那样喧嚣了，除了树影，除了匆匆的脚步声，一切归于宁静，因为这会大人们背上背的、怀中抱的早已进入了梦乡。也难怪多年以后，那些进入梦乡的孩子，压根不记得当年自己看了些什么电影。对他们来说，电影片名是残缺不全的，屏幕上的人影也是模糊不清的。倒是那月光，那树影，那小路，那怀抱，那些新老小伙伴，幽幽然浮现眼前，恍若昨日。

2019年1月24日凌晨于金城

灯火如豆

········

　　小时候，在村里没有牵上电线之前，乡村人家大多使用煤油灯照明，我家也不例外，很长一段时间，我家七口人，依赖四五盏煤油灯，挨过了一个又一个伸手不见五指的乡村夜晚。

　　我们的煤油灯是自制的，用矮矮的或扁或圆的空墨水瓶做成。把黑漆漆的墨水瓶内胆用清水淘净，然后在其塑料胶盖上用母亲针线篓里的剪刀或者锥子钻个吸管大小的孔洞，从孔洞插进一支中空的小铁皮管，下端直达瓶底，上端留整个小铁管的三分之一就好，然后把用棉花捻成的长长的灯芯条从铁皮管穿过，下端团成圈置于瓶底，上端只留一点点用于点火，倒进煤油，旋紧瓶盖，一盏煤油灯就做成了。使用前，需把一整根棉灯芯条在煤油里通体浸润一下，不然油气很难从逼仄的铁管里被牵引上去，那样的话，灯芯是很难点燃的。

　　煤油灯的灯火不太光亮，甚至有些昏暗，嗅到一点风气气便摇曳不定，所以我们掌灯的时候往往会用另一只手护住火苗，以免瞬息即灭。作为燃油，煤油的燃烧不会很充分，经常会有一缕缕刺鼻熏人的黑色油烟飘散出来。大家在灯下坐久了总会觉得鼻息略略有些发干发堵，一剜鼻孔，保证指蛋上会留下一抹黑色灰痕。而家里凡是经常放置煤油灯的位置，没有一处不被熏得乌漆嘛黑。为了美观，偶尔我们也会用旧报纸或者画报把熏黑的墙壁糊盖了，但时间一长，报纸和画报也被熏得焦黑焦黑的，于是索性不管了。

尽管如此，煤油灯还是成了我们夜夜离不得的亲密伙伴。每到夜色降临，在外劳作一天的父母收工回家，家里大点的孩子便知道要点灯生火做饭了。那时候，往往是灶屋里点一盏灯，敞房的大方桌上点一盏灯。哥哥姐姐在灶间叮叮当当忙活饭菜，我和弟弟便在敞房里的大方桌上看书写字。母亲忙着洗漱拾掇自己的泥鞋泥袜，而父亲则会点燃一根叶子烟，一边"吧哒吧哒"抽烟一边看着我们。这时候的父亲很是放松惬意，看着我们用功的样子，仿佛看到他种的稻子开始扬花抽穗了。晚饭上桌后，大方桌上会再添一盏灯。这时是家里最热闹的时候，大家白天各忙其事，难得有机会交流，这会聚在一起，七嘴八舌交换着白天的见闻，一张张脸庞在灯火里显得格外兴奋。

遇到月黑风高父母晚归的夜晚，黑黝黝的四合院显得格外空寂幽深，年幼胆小的我们不敢四下活动，总是早早插上大门门闩，挤在灶屋里自个煮晚饭吃。饭舀好后，不敢端到敞房的饭桌上吃，兄妹几个索性把灶台当饭桌，搬来高凳子团团围坐往嘴里扒拉饭食。为了驱赶黑暗带来的恐惧，大孩子会给每人面前点上一盏油灯，豆火齐明，灶屋立马变得温暖明亮起来，我们的小脸上也被镀上了一层柔和的光晕。笼罩在橘黄的灯火里，等着父母归来，我们的内心逐渐安稳踏实。

我们家的老房子年久失修，时常漏雨。风雨交加的夜晚，睡到半夜，经常听到父亲的大嗓门在喊："某娃子！快来给我点哈煤油灯，我拾掇下房顶！"被喊到的某娃，尽管睡眼惺忪一百个不情愿，但抗不过父亲威严的震耳狮吼，最终还是得乖乖的和父亲打配合，擎着煤油灯给父亲照明。头上电闪雷鸣，脚下雨点飞溅，父亲在微弱的飘忽不定的灯火里这屋跑那屋寻着滴水的瓦片，用一根长长的竹竿摸索着给青瓦复位，东捣鼓西捣鼓，最终有些地方还真不漏了。漏是不漏了，掇漏人却往往被顺着竹竿滴下的雨水浸得浑身湿透。昏黄的灯光下，四围雨雾茫茫一片昏黑，唯一可见的是父亲衣衫发须上泛着的亮晶晶的水光……

也不知道是什么时候结束的，大概是八十年代末吧，当家家户户牵上电线拉亮电灯时，煤油灯便逐渐淡出了人们的视线。我家曾经固定搁置煤油灯的灶台或柜台边，除了留下了一摊摊的黑色油渍，再也看不到那些黑黢黢的浸满油渍的瓶瓶盏盏，然而那曾经飘忽摇曳的点点橘黄色豆火，那些被豆火点亮的无数个乡村夜晚，却被永远刻在了记忆里，总是抹也抹不掉。

2020年11月23日于金城

泥土飘香是童年

　　小时候，我们一家生活在农村。对于六七岁以前的事，我实在记不起多少了，模糊残存的记忆里比较清晰的总是些与泥土相关的事。

　　乡村人家，一年四季总有忙不完的活儿，春耕时忙活地里，冬闲时忙活家里，再加上家家户户几乎都有鸡大马小的娃儿一群，所以对于一两岁还不能走路的小奶娃来说，想让爹妈肩背怀抱简直是一种奢望。大多数家庭，娃一生下来基本是扔地上任由其乱滚乱爬，甚至连娃儿在地上拉屎拉尿乱吃乱抓也全然顾不得了。条件好点的（我家算其一吧），爹妈忙活的时候会在地边上放置一张圆形簸箕或深口笋箪供娃坐卧，为防止篾纤划伤小娃也为了防止娃的大小便弄脏器具，簸箕和笋箪里往往会垫一些旧布片或者稻草，这样既干净又暖和。但即使这样，大人也有忙忘的时候，一不留神，我们这些小奶娃就会从簸箕或笋箪里翻爬出来，和前边无人看管的那些小可怜们一样，屎尿里一滚，和着泥土，瞬间就糊成了鼻子眼睛都不见了的泥娃娃，那脏不拉几的样子，简直不能见人。奇怪的是，就这样在泥地里滚大的娃娃们，很少听说有谁生疮害病，一个个长得还挺瓷实。

我们那个时候的乡村娃娃，一般没幼儿园可上。不过，我是上过几天幼儿园的，也仅仅是几天而已。当时我们那里好像吹来了一股什么政策风，先是吹到村里，再由村里吹到队上，总之是队里要办幼儿园了！没有房子，队里就腾出一间给队员们煮饭的偏房做幼儿看管室；没有桌子，队长就找泥匠砌了一排排半米高的泥土台子当桌子；没有小凳子，如法炮制，码砌几个小土墩子做小朋友的凳子；没有玩具，便从条件好点的人家拼凑来几只带柄的塑料摇铃。我们幼儿园的主要活动，便是没事就摇铃铛玩。攥着把柄一摇，五颜六色铃铛就发出阵阵脆响。小屁孩们很少见过这稀奇玩意，摇着摇着就不哭闹了。当然，队里偶尔也找识得几个字的人给我们上一两节文化启蒙课，老师站在前边，把黄土墙当黑板，在上面写123，abcd，我们也就把泥土台子当本子，依葫芦画瓢，用小棍在台面上划123，abcd。看着黄色土粉在小棍下翻飞，嗅着微微的泥土腥气，我们兴奋不已，不知不觉中居然也学会了几个拼音和阿拉伯数字。然好景不长，没过多久，队里突然要求各家各户把自己的娃儿领回家去，说是泥台子要拆了，偏房要另做他用。哎，我的摇铃还没摇够，数数都还没学会呢，现在却要回家了！

没了队里幼儿园的集中看管，我们被父母领回家后再次成了放养的小羊崽，但这并不影响我们探索世界的好奇心和与生俱来的创造力。广阔的乡村天地，是我们天然的幼儿园，墙根下、田埂旁、池塘边，处处都有乐趣可寻。我们深陷其中，乐此不疲。

夏天的午后，太阳火辣，大人们躲在屋里的床上睡午觉，小孩子们却毫无睡意，三三两两的碰头聚在屋后的墙脚根下刨地牯牛（一种小爬虫）。地牯牛喜欢蛰伏在干燥阴凉的墙角地灰里，用小手指头顺着墙根轻轻拨开一层细细的土灰，你就会看见一只只长着短须的小虫子四下乱窜，这时候，你必须得眼疾手快，才能迅速捉住它们并将之放进事先备好的带盖的铁皮盒子里，不然眼睛一花，这些小东西就会快速地消失在另一堆土灰里，任你遍寻不着。倘如此，你就只能忍受伙伴们至少两三天的嬉笑和嘲弄了。墙根处的细土灰，除了可以刨地牯牛之外，还有一个用处就是止血，倘有人不小心划破了手指，只需捻一小撮密的土灰敷在伤口处，血珠便可在短时间内凝固止住。这个土办法我和我的乡邻们屡试不爽，奇怪的是居然一直没有人感染过。而田埂旁的游戏，更能给人以成就感，那就是灌推屎爬。推屎爬（俗称屎壳郎）是比地牯牛大好几倍的带壳甲虫，这种带壳爬虫以动物粪便为生，与地牯牛相反，它们喜欢潮湿的环境，田埂旁有草有水有粪便，是灌推屎爬的好地方。用树枝掀开一趴风干了的牛粪，你会发现粪便下有一些蜂窝状的浮土，掠开浮土。顺着那些芝麻样的蜂眼往下钻一个拇指大的小洞，然后拿个小瓶不断往洞里注水，不一会儿，洞里的水就开始鼓泡，一个黑乎乎的小东西慢慢地浮出洞口来，当其全身毕现之时，便也是小孩们降妖伏魔成功而欢呼雀跃的时候。

至于池塘边，那乐趣更是多了去了。我们最喜欢的是在池塘边用手剜稀泥巴来玩。剜来的泥巴第一用处是放炮仗，把泥团捏成一个薄薄的碗状，用手掌扣住碗底，碗口朝下，用力高高举过头顶，然后俯身狠命地朝地下拌去，只听"嘭"的一声，碗底瞬间炸裂，泥屑也随炸裂声四下飞溅开来，其声势惊天动地，那种快感无以复加，是小孩子就得迷上。除了放炮仗，我们也用泥巴做手工玩具，把泥巴捏成各种锅碗瓢盆来过家家，或者是加工成各种交通工具如汽车、飞机、轮船什么的，用小棍穿过车身，安上轮子，太阳下晒干后就可以用细细的长绳牵着跑了。泥巴最高级的玩法是做"呿"（类似古乐器埙），但最好是用黄泥，因为黄泥质地细腻且黏性较强，做出的"呿"不易干裂破碎，且声音好听。"呿"通常被团成一只鸟的形状，成型后从鸟尾处伸进一根小棍，穿过鸟身，再从鸟嘴贯穿出来，然后将鸟身子里的泥土掏空，鸟嘴里的泥渣也须清除掉，这样一以贯通，声道就形成了。在太阳下或者火上烘干后，涂上油彩，一个漂亮的"呿"就做成了。含着鸟尾一吹，气流穿过鸟的身体从鸟嘴里呼啸而出，变成了或尖厉或浑沉的哨音。这种哨音可以传得很远很远，感觉能翻山越岭，穿越云霄。

甚至到了现在，我的耳边似乎还回响着它的袅袅余音。

那声音，浑厚、悠远，沾满了泥土的厚重，夹带着泥土的芳香。

2020年4月15日于金城

伤　逝

父亲离世一周有余了。

当一个人，前夜你还在他耳边轻语安抚，在他榻前端汤送水，还能真切地感受到他的气息和温度，翌日却眼睁睁地看着他瘦若无形的冰冷身躯被缓缓推进火化炉，最后化成一缕轻烟、一抔骨灰乃至化成一座墓碑的时候，你知道这是什么感觉吗？是空白和茫然，是不知身之所在。你不会觉得这一切是真的，只觉得像活在一个梦里罢了。这个梦似真似幻，虚实交替，片段裹挟着片段，似洪流起伏伏席卷而来，足以把人生生覆没。

一周以来，每当午夜梦回，便不由得泪湿枕衫。一想到从此与父亲阴阳相隔，今生以后再也听不见他那温和的声音、看不到他那慈祥的笑脸，内心便会一阵抽痛。只有经历过的人，才明白那是一种失去至爱的哀伤和被抛下的深深的孤独感。

父亲走了！我生平第一次如此真切地感受到了失去的滋味。这个世界上最最疼爱我的人，最后留给我的不是财富和快乐，而是心痛和眼泪，是回忆和不舍。回想着老人家弥留之际半开半合的嘴唇和游离飘忽的眼神，我很想知道：父亲，在你弥留的那一刻，在你残留的意识里，有没有一丝丝割舍不下与你生活了大半辈子的妻儿子孙，尤其是你呵护有加的小女儿呢？

你忘了吗？小时候一两岁时，家里子女众多，母亲要照顾小我一岁的弟弟。年近五十，工作繁累的你不得不亲自上阵，照顾瘦小体弱的我。你一介书生，不得不放下纸笔转换角色当起了奶爸。除了要给小娃娃的我喂饭穿衣，把屎把尿，每天晚上你还得随时起夜，为经常夜咳不已的小女儿兑好汤药，掖好被子，烫好暖壶，甚至不厌其烦地一次又一次用温暖的手掌接走她的口中痰鼻中涕。无论有多恶心，你从未有过任何一丝嫌弃。

你忘了吗？作为村里唯一的教书先生，你多么在意儿女们的教育。你从小教我们读书习字，吹拉弹唱。一张四方桌摆上笔墨纸砚，留下的是斑斑墨迹；几支笛子，几把二胡，传递的是你文人般的闲情雅致；你说"养儿不读书，等于养头猪"，你用最朴素的话语诠释着你最深切的期望，你期望自己的每个孩子都能成为文化人。为了这句话，你付出了一辈子的代价，不单单是让自己吃苦受累甚至睡在了水田里，最关键的是孩子背书包背到了你70岁！父亲，还记得我拿到了大学录取通知书时你有多么兴奋和骄傲吗？你逢人就说你的小女儿考上绵阳师范大学，她是顶呱呱的大学生。你以我们为荣，你说我们是你一生的银行，是你这辈子沉甸甸的希望。

你忘了吗？那年小女儿婚姻生变，一连几天躺在床上一蹶不振暗自垂泪的时候，你颤颤巍巍捧着一盅热茶踟躇在我床前，"女儿，莫哭，来喝杯热水……"，简单的话语里充满了疼爱，憨憨的笑容里写满了慈祥。那一刻，我泪滂沱，不为他人，只为了你。父亲，对不起，女儿不孝，你八十高龄了，我还让你如此操心受累！

你忘了吗？最后这一两年时光里，在你半清醒半糊涂的时候，为了阻止你记忆衰颓的步伐，有个孩子经常坐在你的膝下，握着你枯瘦微凉的双手，带你一起背诵儿时你教过我们的歌谣和古诗。你是个很棒的老头，亲人几乎全不认得了，却能一字一句地背诵出我们几十年前彼此熟悉的儿歌：红公鸡，喔喔喔，抓抓脸蛋笑话我……父亲，你知道吗？那个孩子就是我，你的小女儿。如今你去了，我该去伏在谁的膝头一起欢笑，一起唱和？

你怎么就忘了这一切，说走就走了呢？你怎么舍得你的子子孙孙这一大家人啊？你的小木匣里居然还保存着我和弟弟的初中毕业证，书桌上还保存着小女儿高中毕业的同学留言簿，你把它们同你的私人物件小心翼翼地珍藏在一起，就是为了有一天给我们发现它的惊喜吗？父亲，你如此深爱我们，却没有给够我们爱你的机会。从此以后，谁还给我温暖的手掌，谁还许我以赞赏的眼光，谁还在我暗自泪流时递上水杯，谁还让我环绕膝下为之歌唱？

我知道，一切皆不可能了。当你化作一缕青烟飘向天际时，我知道这一生我们父女缘尽。亲爱的父亲，我们父女一场40余年，有太多的点滴不忍回顾，谢谢你对女儿的呵护和疼爱，谢谢你对我们的教育和付出，如果真有来世，小女儿期望还能与你相遇，让我们继续这一世的父女深情。

每当午夜梦回，伤心到不能自己的时候，脑海里便会闪现出最后一次伏在父亲膝头，父亲低首将消瘦的脸庞埋在我摊开的掌心里久久不肯抽离的情景，耳边也会响起老父亲半清醒半迷糊中最后一次叮嘱女儿的话来："我们都是好人，要好好吃，好好喝，好好活啊！"

好好活。会的，父亲，我一定会好一好一活。

愿父亲老大人在地下安息！

2019年11月4日

父亲的小木匣

打我有记忆开始，便记得家里有个暗红色小木匣子：四方形，一尺见长，宽高约十厘米，匣盖属于抽拉型，无锁。小木匣子整体很轻薄，周身刷了红漆，大概用的年份太久，色彩已有些斑驳，匣身两侧有些油亮光滑，那是被主人的手指摩挲过无数次留下的印迹。

小木匣一般情况下不会拿出来，被锁在母亲睡房挨着床头的柜子里。母亲的柜子里装着外婆给她的陪奁，大多是一些花花绿绿的布匹和毛巾手帕之类的物品，母亲把它们像自己的孩子一样宝贝着，很少舍得自己用，通常是家里来了客人，临走时用红布包着当作打发回礼。木匣虽然和母亲的陪奁一起锁在柜子里，但母亲很少翻动它，大多时候打开它的是父亲。至于家里其他人，我很少见过未经允许私自翻动这个匣子的。

父亲打开木匣的时候很少，如果不是家里有紧要的事他一般不会向母亲要钥匙开柜。翻动匣子的时候，要么是家里某个孩子要读书要升学了，要么是某个小子或者姑娘要成家要立业了，再或者是家里某个人工作变动需要户口迁移什么的。小时候的我们，因为难得看到这个小匣子被打开，所以每次父亲小心翼翼地把它从锁着的柜子里端出来的时候，我们都不会放弃这个窥探秘密的机会：假装在一旁干点别的什么事，暗中却在观察父亲究竟在里面翻动些什么东西。观察的次数多了，慢慢地也便发现了其中的一些秘密：一只断成两截的玉镯，几枚被包在一张旧手帕里旧迹斑斑的银元，一小瓶云南白药，一摞小红本本，其次就是一些粮油票据奖状什么的，偶尔也会有少量的几块十几块的现金，还有则是附在盖板内侧密密麻麻成竖行排列的一排排字迹。

那只断成两截的玉镯究竟是谁的，又为什么断了，我们从未问过父母，父母也从未在我们面前提及有关它的事情。有一两次父亲心情好，看到我在旁边好奇地窥伺，破例把它拿出来让我摸了摸，只觉光滑细腻，冰凉爽肤。我一直不解，镯子既然断成了两截，已然不能上手了，父亲为什么还一直把它和所有他认为的贵重物品放在一起？现在想来，这里面一定有它的故事，只是父母不提，我们也忘了问了。如今想起，父亲却已离世，母亲虽还在，思维也已开始混乱迟钝，估计未必能问出来什么。或许它就是一只普通的镯子，只是因为家境清贫，才被一生勤俭的父亲奉为至宝了呢？

几枚银元是父母真正意义上的身外财产，银元上头有没有人的头像已经记不得了，有一面仿佛有"中华民国元年"几个字样，从银元上的斑驳痕迹可以看出它们应该存了有些年头。银元用一张旧手帕层层包裹着，放在木匣的最底层，父亲异常爱惜它们，总是在他以为身旁没人的时候拿出来点点个数（其实根本不用点，因为本没有几个），然后用他粗糙的手掌反复擦拭，试图把它们擦拭得更明净些。父亲这一生基本上没什么积蓄，老人家经常对外人说，他把钱都存在儿女身上了，我们几个子女就是他最大的银行。然而就是这几所"银行"，到最后成家立业的时候都还在汲取着父亲仅有的一点心血。父亲把他一辈子都舍不得兑换使用的这几个银元，在我们兄妹几人逐个成家的时候一一交到了我们的手上。哥哥姐姐成家时我还小不省事，到我出嫁时父亲已逾古稀，老人家又打开了他的小木匣，用他枯瘦的手指从旧手帕里拣起一个银元交到我手心里，说："当爹妈的没啥好东西留给你们，这银元你们几个兄弟姐妹成家时一人一个，现在轮到你了，莫嫌少，拿着留点念想。"不知道哥哥姐姐们当年手握银元的时候是什么感受，反正我接过银元时鼻子突然有些发酸，险些湿了双眼。

至今觉得，那一小瓶云南白药是那个年代乡下少见的稀罕物。药瓶是透明的，里面装着白色粉剂，一指高的个头，两指宽的瓶肚，红布头做瓶塞，显得很乖巧。父亲总是在家里某个孩子手脚蹭破出血的时候及时拿出它来，扯开塞子，轻轻地把白色药粉抖在伤口上，当即可以止血，第二天便可干疤，简直像神药。而那个时候我们周围的乡亲们，无论男女老少，大凡身上有个刮擦豁口，基本上是不用药的。他们往往就地取材，弯腰在地面上随便捻一撮土灰，撒在伤口上把血止住就算了事。父亲的云南白药，多少让我们觉得自己的血肉之躯多了份尊贵和宠爱。早在我们之前，父母曾经失去了一个孩子。那个叫晓燕的姐姐当时已经 14 岁了，因为冬天生冻疮，伤口磨破感染未得到及时医治离开了人世。父亲不允许这样的事情再发生，所以家里大大小小的孩子无论谁，一旦有个头疼脑热身体擦伤之类的，父亲会立即放下手上的事情背我们上医院，哪怕是深更半夜，哪怕是刮风下雪。

在那个经济困窘的年代，父亲微薄的薪水，根本支撑不了整个家庭的开支，再加上家里大大小小的孩子要读书，要吃饭，我家里经常入不敷出。记忆中父亲经常到他教书的小学校里找一个姓王的会计提前借支下个月的薪水，几块十几块不等。甚至有时候家里断了粮，父亲还得挑箩背筐翻山越岭地到亲戚家挨个去借，为的就是不让家里断炊。所以我怀疑，家里小匣子里偶尔能看到的几块十几块的现金，其实是父亲迫不得已提前从王会计那里预支来的薪水。

小匣子里面唯一不是有形物件的是覆盖在匣盖内侧的那一行行字迹。字是父亲写的，是很有体式的那种小楷，底色是蓝色，后来又用黑色笔墨填补了一下，大概是因为最初的蓝色已经掉色了，必须填补一下才能留住字迹。我最初窥探父亲开匣的时候没太注意，后来识字了，才发现那一排排文字记录的是全家人以及祖上三代人的生庚（辰）八字。我们这个姓氏的家族在乡里人丁也算不少，却从没见过有正式的族谱。父亲是乡里少有的读书人之一，他用这种方式为我们这房人留下一个简单的家谱。这个被藏在匣子里的不能外宣的家谱，让后代子孙能知道我们从哪里来，以后又该往哪里去。最能明白父亲心思的恐怕莫过于我家长兄小兵，父亲去世后，他在父亲的墓碑背面刻了四个字：耕读传家。

父亲八九十岁行动不便思维迟钝之后，时不时会在他的床头柜或者书桌抽屉里拿出些五颜六色的玉镯或者珍珠项链来要分给几个子女，这个时候大家都会笑着嗤之以鼻。所有人都知道，这些其实是父亲年老糊涂后从地摊上买回来的假货，黑心小贩欺负老人不识货，经常会把几块钱的塑料或玻璃制品以一两百块钱不等的价格兜售给他，父亲却还以为捡到了宝贝。见子女们拒绝他的这些宝贝父亲也不生气，笑呵呵地又把它们收捡起来用绸帕帕仔细包好放回原处，说你们不要算了，这些是好东西，你们不识货，以后莫后悔哟！我们肯定没什么后悔的，只是很奇怪：父亲的这些"宝贝"怎么是从床头柜和抽屉里拿出来的，他的小木匣哪去了？

前年冬天父亲去世后，我们收拾父亲的遗物，无论是在近前父母居住过的六里村小区还是更早之前的忠兴小学校的老公寓里，都没有发现小木匣的踪影，和小木匣一起消失不见的，还有一个年代感很强的旧玻璃相框，里面层层叠叠压存了我们家过去几十年的黑白相片，那是全家人曾经生活的回忆与写照，一直是父亲在保管。然而随着父亲的离开，这两物件也无处可寻了，莫不是父亲担心他离去后我们睹物思人，生前已将它们悄然处理掉了吗？

2021年3月17日于金城

老　宅

....

我家老宅是父亲祖上留下来的，是座坐南朝北、有两道龙门、全瓦全木椽梁的四合院。乡下的四合院，结构布局一般很简单，除了堂屋所在的正面一排有三四个房圈（房圈，即房间），其他三面大多由单薄的院墙围成，而且椽梁极少用全木，甚至大多还是用的竹椽。我家的四合院，除了椽梁用木稍讲究些，院落结构也相对复杂点。它不是纯粹用单薄的围墙包围起来的，东南西北四面全由一间间屋子相连而成，且每一间屋子都处于特殊的方位。

堂　屋

一进院落，正对两道龙门的是屋脊高耸、宽敞气派的堂屋。在乡下，堂屋通常是一个宅院的灵魂，是一个庄严神圣之所在，是家庭议事和祭祖的地方。我家堂屋正中的墙面上安放了一个神龛，神龛木板上常年摆放着一些香蜡纸钱，上方的壁面上贴着父亲亲手写的"天地君亲师"字样的红纸黑字神榜，下方贴近地面的墙角处摆放着一个香炉，如此自然而然地形成了一个完整区域的龛位，这个龛位一般是用来安神祭祖的。每到逢年过节，一桌丰盛的酒菜弄好后，我们得在龛位下的香炉里点上香蜡，烧些纸钱，再把酒菜端到堂屋的大方桌上摆放一阵子，以供先人们"用膳"，静候先人们"用"过之后，大家才能大快朵颐，不然就是对祖先的大不敬。关于堂屋祭祖，小时候流行一个说法，说是祭祖时家里的小孩子若在头顶罩一个筛子，躲在堂屋的门角落里不吱声，就能看见从阴间回来的先人在堂屋里飘来飘去。这个说法很刺激很诱人，特能激起小孩子的好奇心。童年的我们好几次跃跃欲试，最终还是因缺乏胆量放弃了，毕竟阴间是另一个神秘可怖的世界，通过筛眼，不定能看到什么奇奇怪怪的东西呢！何况我家的堂屋左侧墙角边还横放着一口"方子"（棺木）。据说那是父亲为自己百年之后提前做的准备（但事实上父亲百年之后并没用上它，而是被盛装在精美小巧的骨灰盒里下的葬），也有说堂屋里搁置棺材寓意家族中人可以升官发财，所以那会乡里但凡条件稍好点的人家，堂屋里都会搁置一口棺材。然棺材毕竟和死亡以及神灵鬼怪有牵扯，因而搁置棺材的堂屋在每家小孩子心里，都是一个不敢轻易涉足的地方，所以最终究竟有没有哪家的小孩子看到过自家的先人，直到现在都还没听说过，我怀疑那不过是人们怀念祖先期盼重逢的一个美好愿望而已。

睡　房

　　堂屋的左右两侧，并排分布着两间睡房，右侧这间属于母亲，多年来由她带着家中最小的孩子居住，相当于一间育婴室。左侧偏房则住着家里逐渐长大的孩子，用来学习写字，兼具了书房的性质。我们家的孩子，通常是由母亲在堂屋右侧的睡房里带大，大点之后便挪到左边的偏房里开始下一站的独立成长之旅。紧挨左边偏房坐西向东是一间双扇门屋子，是父亲的卧室，印象中，因为孩子太多，父母亲很早就分居两室了。父亲是一家之主，他的双扇门屋子是王者之地，家里的小孩子一般不会劳烦他带，但这间双扇门屋子却成了我的育婴室。我从娘胎落地的第二年，弟弟紧随其后也来到了世上，家中同时段有两个奶娃，母亲实在管不过来，我便被父亲抱过去喂养，吃喝拉撒睡，全赖在了这个一家之主身上。一个大男人带个奶娃娃，辛苦程度可想而知，到现在我都还记得在那间双扇门屋子里，父亲半夜给两三岁的我把屎把尿，喂汤喂水，掖被暖脚的一个个场景，这些场景奠定了我对父亲深厚的感情基础。

灶 房

紧挨母亲睡房的是家中的灶房，灶房的粗糙的黑木门上，依稀可见哥哥小兵用彩色粉笔精描细画的"厨房"两个宋体大字。哥哥是家中最聪明的读书郎，深受父亲喜爱，不仅学业优异，字还写得漂亮，家中的木窗木门上随处可见他的"墨宝"，这些墨宝在弟弟妹妹眼皮底下晃久了，慢慢也就成了学习效仿的范本，这种潜移默化的结果就是我家后来基本没有了写烂字的人。我们家儿女众多，母亲一般不进灶房，一日三餐基本是由几个大点的娃儿轮流做。我因年幼体弱，转灶的事一般轮不上我，于是就坐在灶下专门烧火，长年累月便成了专职"火夫"。我不太喜欢这份家务工作，当时农村贫穷，做饭所烧的柴禾不外乎是些干枯的竹叶，晒过的谷草麦草或者油菜杆之类。这些柴禾不禁烧，进灶孔一燎就没了，做一顿饭往往会烧掉好几捆柴草，因此偶尔还会出现柴草断顿的现象，那样的话，我这个"火夫"就得四下搜寻，挖地三尺去捡拾柴禾了。还有，家里一旦来了客人，其他人都可以在敞房里和客人们热热闹闹的拉家常，我却只能守在灶门前不能挪步，因为一旦抽身离开，灶孔里的火苗就会即刻熄灭，火一熄，转灶的没啥责任，我这个"火夫"的责任就大了去了。所以，家里来客人的时候也是我最沮丧的时候，听着大家伙在外边聊得热火朝天，我的内心却似火烧猫挠。不过"火夫"也有"火夫"的好处，那就是煮豆燃豆萁的时候，我可以一书在手，尽情阅读：塞一灶孔柴禾，趁它噼里啪啦欢叫的时候，赶紧低头，一目十行，人间故事在字里行间跳跃，内心倍感充实，这种乐趣又是家里其他人体会不到的。不过好几回，因为读得太专注，被掉出灶门的柴禾余烬燎了额前刘海，被大家取笑了好久。但十几年的"火夫"做下来，居然也零零星星读了几本书。

敞 房

紧邻灶房偏东隅，是我家的敞房（顾名思义，敞房不算是一间完整的屋子，是一个半开放式的空间区域，面积相对开阔）。乡里的敞房，用处很多，农忙和收割时节用来堆放粮草，平日则是一家人吃饭休息的地方，类似于现在的饭厅兼客厅。我最怀念的敞房生活，不是农忙时节，也不是平时，而是每年的暑期和春节。那时候，每年一到暑假，已经出嫁了的大姐就会和姐夫背上白白胖胖的小侄女回娘家，背篓里和小侄女一起的回来的还有一台黑白电视机，那是咱们一家人甚至全湾人的渴盼。白天，大家各忙各的活，一到傍晚收工回家，便有人早早地在敞房的桌上支好电视机，而内院的天井里，也密密麻麻摆满了板凳和椅子。到了晚上8点天色全黑下来，天井里除了我们自家人，邻居们也都聚拢来了。大家在夜色里，在闪烁的荧屏前聚精会神地坐着，从《阿信》坐到《霍元甲》，从《海灯法师》坐到《红楼梦》，从黑白的坐到彩色的，长达几年的时光里，我们的天井和敞房成了所有人的乐园，而那些年的无数部电视剧，也成了我们记忆里最可贵的精神食粮。到了腊月，我家的敞房依旧很热闹。临近过年，天气寒冷的晚上，敞房里不生火是坐不住人的。物资匮乏经济拮据的早些年，父亲会和大哥在山上盘些树疙瘩回来供大家烤火，后来条件稍好点后，便也买些青杠炭回来取暖。尤其是除夕晚上，那时候兴守岁，大家通宵不眠，每家每户灯要点到天亮，火要烤到天亮，人们就着火堆团团围坐聊天嗑瓜子。半夜时候，年轻人会相约着出去放礼花，这家那家地串门，于是敞房里就只稀稀拉拉剩下两三个老人小孩，这时候，通常是父亲拿着火钳侍弄火堆，在火堆旁煨一壶茶水守到天亮。

下 房

隔着天井，与堂屋相对而立的是下厢房。这套下厢房面积较大，内部空间相对独立，够一家三口使用，早期分家时是分给大哥大嫂的。下厢房的门本来是朝院内开的，那个年代生活困窘，大哥大嫂另立门户后，因为一些鸡毛蒜皮之事经常和父母闹别扭，干脆就把天井内的这道门封了，面向院外与龙门并排另开了一道门，于是整个院落完全形成了两门两户的格局，大家进出各走各的门，给人一种老死不相往来的感觉。后来日子稍微好过点后，大哥大嫂在队里分给他们的宅基地上垒了新房，彻底从老宅搬了出去。垒新房时，由于原料欠缺，大哥大嫂就准备把老宅下厢房上的椽瓦檩料拆走，因为和父母意见不合，一家人又翻天覆地地大闹了一场。这一场纠纷无异于雪上加霜，使哥嫂与父母的关系僵硬了很多年，直到后来侄儿侄女长大后从中协调斡旋，哥嫂的小家庭和与大家庭的关系才逐渐有所缓和。大哥大嫂从下厢房搬出去后，父亲和母亲便堵了下厢房的外开之门，重开了院内之门，使它恢复了原状。房屋容易恢复原状，但亲情的裂痕却不那么容易修补。后来父母随我们几个小的进城后，准备把老宅留给大哥大嫂，但却被大哥大嫂婉拒了。或许是当年的一丝怨气还残留在大哥大嫂的意识里，也或许是生活富足了，老宅对于大哥大嫂来说的确没那么需要了。总之，随着物质生活的逐渐丰裕，随着年纪的日渐攀升，大哥和大嫂最终消除了和父母之间的嫌隙，真正的和父母兄妹又融成了一个相亲相爱的大家庭。

　　而老宅最终因为无人居住，年久失修，易手给了他人。又过了几年，再回乡后，老宅已经不见了，在原址上，有一幢二层小楼房拔地而起，不用说，那是当年易屋者的新居。

2021年1月17日于金城

过　年

（一）

　　乡下过年，一般从腊月二十三这天拉开序幕。

　　这天被称为小年，需要祭灶神。我们乡下，通常用打扬尘的方式代替了祭灶神。

　　每年到了这天，母亲总是早早地起床，顺带叫上大姐和二姐两个帮手，包上头巾系上围裙，一人拿一根长长的竹叶扫帚便开始打扬尘。所谓打扬尘，其实就是清洁大扫除，只是这天的大扫除不仅要清扫地面，还得清扫房顶四壁犄角旮旯的陈年灰尘和蛛网，包括清洗灶房案板上所有的盘盘碟碟碗碗盏盏和擦拭所有屋子里的物什家具。平日里这些地方总是被忽略，一年到头了，总得彻彻底底清扫一次才能清清爽爽过个好年。带着这股愿望和喜悦，母亲和姐姐们不辞辛劳，昂首扬臂挥扫帚舞抹布，刷刷刷三下五除二，不到半日便将家里收拾得整整洁洁。扬尘打过之后，接下来便要拆洗床单被褥以及大人娃儿的衣物,过年了嘛,新年新气象,总不能让家里人穿的邋里邋遢。这时候,村子里的堰塘边,石桥下,各家各户的洗衣妇倾巢而出,堆满了脏衣物的大盆小桶排着长队,到处都是捣衣声和妇女们的欢叫声。而村子里的篱笆边,各家各户的小院里也晾满了花花绿绿的衣物,像彩旗一样迎风飘扬,在冬日的暖阳下散发着淡淡的清香。被单晒干了,母亲会在院坝里打开一张晒粮食的宽大的竹篾垫席做被子。这是小时候的我们觉得最温馨的游戏,母亲会叫我或者弟弟给她打帮手,我们一人掖着一角先把宽宽的米白色被里平铺在垫席上,然后再在被里上面铺上絮褥,絮褥的表面再铺上大红大紫的牡丹或者孔雀花样的被面,接下来把最下层的白色边缘翻卷上来包边,包边完毕后母亲便开始了她的针线活。看着母亲跪在垫席上长一针短一针换着方位地缝制,针尖时不时在她光滑的眉梢发际间点一下,我和弟弟就忍不住翻滚到被褥中间去打闹,仰躺于宽敞干净的垫席上,感受着腰身下大红被褥的细柔香软和视野上方蓝天白云的高远旷达,我们会在阳光的包裹下和母亲窸窸窣窣的忙碌声中不知不觉地睡去,直到太阳西下被母亲轻轻拍醒,大家才扛起垫席抱着铺盖卷儿收工回屋。

(二)

扬尘打完,家里铺笼罩被浆洗完毕,基本到了腊月二十七八的时候,这时段母亲会带着两个姐姐推磨赶集,准备除夕夜灶房里的那一摊吃食。父亲则会带着哥哥和弟弟一起把提前写好的红彤彤的对联拿到集市上去换几个过年钱。

　　推磨在乡村是体力活，本来应该由男人出力，实际上却是大多数妇女在掌磨杖。因为面磨的粗细与否不在于你的力气有多大，而在于推磨人的力道把握，同时往磨眼里添子加粒也需要掌握时机，粮食颗粒填加得太满太勤，磨出来的东西往往需要返工，加得太少太稀则会搞成推空磨，浪费时力。石磨分干磨和水磨，干磨一般用来磨面粉和汤圆粉，磨出来的粉用来蒸馍和裹汤圆，水磨一般用来磨黄豆和大米，磨前食材要先浸泡一夜，磨时和水，磨好的水粉用来点豆腐和搅凉粉。我们院里有两墩石磨，一墩是干磨，是我家的，安置在我家两道龙门间，一墩是水磨，是邻居家的，安放在我家院侧左边的竹林里，一到逢年过节，这两墩石磨也随即成了抢手货，媳妇婆姨们会早早地和石磨主人（我母亲和邻居家王婆）打好招呼，然后掐准时机来排队磨粉磨面。我们家近水楼台，母亲又是特别有计划的人，每年必定是第一家准备好的。所有的干粉水粉备好后，母亲便会带着两个姐姐在灶房里热气腾腾地大显身手。揣面蒸馍，揉面裹汤圆，用胆水点豆腐，用石灰搅凉粉，到了年三十，所有的食材都变成了成品，一盆盆地盛放在母亲睡房的柜盖上，临到要食用了，直接装一锅盖或者用刀划下一大块切细之后煎炒蒸煮。从初一可以吃到十五，这种方式方便快捷，为大人娃儿省出不少走亲串友拜年的时间。

（三）

　　每年腊月间，父亲携哥哥和弟弟写对联卖对联，在我们乡里以及相邻的各个场镇，一直是一道独特的风景。我家从乡里搬进城很多年后，还有些人念念不忘当年那位戴着毛毛帽子，穿着厚重毛领大衣，双手和耳朵鼻子时常冻得通红的、这个场镇转到那个场镇卖对联的蒲老爷子。

我们家里子女众多，在孩子们都还没有长大成人的艰难的八九十年代，家里境况相当拮据。每到年关，父亲得想方设法发挥自己的特长写些对联来卖，以用来给家里买肉买菜备点年货，或者给家里的老老小小添置点衣物，或者封几个压岁钱。父亲写对联卖对联的时候始终保持着一股知识分子固有的严肃：写对联时必须要有一张大方桌和一个小书童。大方桌用处不用言说，小书童的用处就多了去了：裁纸、磨墨、拉对联、晒对联、收对联。家里稍小点的孩子就我和弟弟，小书童的任务自然而然就落在我们的身上。说实在话，我内心是很不情愿给父亲打这个下手的。老爷子很严格，红纸剪裁得整不整齐，墨汁研磨得酽不酽，晒收对联及不及时都会有要求，稍不合意，就会招致他的一通呵斥。最糟心的是，每当院子里的小伙伴玩得人声震天的时候，我却只能强压玩兴枯坐在父亲的对面，一张一张接过他写好的墨迹未干的对联，小心翼翼地端送到敞房里晾晒。通常一守就是一下午，有时甚至还得点灯熬夜，不熬到爷俩手脚冰凉喷嚏连连不会收工。不过偶尔也有好玩的时候，有时遇到父亲心情好，他会摆好一两张裁得不够规范的红纸，让我到坐到他的位置上拿起毛笔涂鸦几笔，说是让我锻炼锻炼。或者在父亲写累了坐一旁闭目歇息的时候，我会按捺不住兴致见缝插针地写上几笔。久而久之，我的涂鸦作品里居然也有稍微看得过眼的，被父亲稀里糊涂地混进他写的成品里拿去一起卖了。其实我家所卖的对联中我的"作品"少得可怜，除了父亲的，很多时候哥哥和弟弟会帮忙写上一些。哥哥和弟弟的毛笔字写得不错，在父亲的熏染下，二人写出来的对联外人基本上是分不出来真伪的，这多多少少为父亲减轻了些负担。

对联经晾晒收置好后便到了售卖阶段，时间刚好也掐在了腊月二十七八。那几天人们开始购置年货，尽管天气寒冷，大街上热闹非凡，父亲会和哥哥弟弟从街坊那里借上一些桌椅板凳在街边摆放整齐，然后把红彤彤的对联在上面一字铺开。一块钱一副，无需吆喝，人们自然而然堆拥过来，哄抢之中，父亲点着叶子烟站在一旁很是骄傲，任凭两个儿子把对联一扎一扎地给人们分送。那时候，几乎所有购置年货的乡邻们，都会在他们满满实实的背篓最上层放上几副父亲写的红彤彤的对联，似乎唯有这样，这个年才能过得红火。

（四）

对联一般要卖到大年三十的中午。每年这个时候，我们一大家人早早地就把年夜饭做好了（我们那里的年夜饭，大部分都提前在年三十中午），端到堂屋里敬过先人之后便开始等父亲回家（无论再晚，年夜饭是一定要等到父亲回来后一起吃的）。这天父亲卖完对联后，会在集市上买些日历年画或者糊灯笼的彩纸，在一路的新年鞭炮声中步履轻松地回到家中，在一家人喜滋滋地围观下，把卖对联所得的钱摊在桌上点数。这个时候全家人都很兴奋，而这最后一场收益的丰厚也往往是大家想不到的，除去所有开支，甚至还够来春家中一两个小孩开学的学费。只有在这个时候，我们才能看到，一向严厉不苟言笑的父亲，舒展眉头，脸色也随之温和慈祥许多。丰盛的年夜饭过后，辛苦了一年的父亲和母亲基本就没啥忙活了。父亲通常会去午睡一会，母亲则在衣服口袋里装上些瓜子糖果，出门去找嬢嬢婶婶们烤火聊天。剩下便由我们几兄妹忙乎：哥哥和弟弟糊灯笼、挂灯笼、贴对联、贴门神；我和两个姐姐则负责打浆糊、贴年画、挂日历。大家怀着喜悦的心情，要让家里的每一处都留下新年的味道、新年的痕迹。

难忘的是年三十守夜。当晚一碗美味的面条下肚后，乡里乡亲的会聚集在有电视的人家看上一会儿春晚（八九十年代的农村，人们已经有了看春晚的条件）。说一会儿，是因为乡下供电不足（各家各户在这天晚上都会拉亮家里所有的灯泡直到天亮，寓意一年到尾亮堂堂），电视信号不好，看上一会，电视就会满屏麻点，闪烁不定，到最后，便闪到一点图像都没了，屋子里的灯也会因为电压不足连带暗下来。没了电视看，人们就开始散了，吆五喝六凑堆堆去各家各户串门找热闹，或者是去打牌，或者是去找人闲聊，或者是去围堆堆烤火。无论男女老少大家伙不玩到通天亮至少也是半夜过后，谁都不愿意把这样一个美好的夜晚虚掷到床上去。这个时候，我们家里往往会很热闹，父亲会把龙门前的红灯笼逐个点亮，在敞房里烧上熊熊的炭火，母亲则会用盘盏装一些好吃的零食摆放在小案桌上以备客人食用。乡亲四邻上门后，年轻人围在方桌上打扑克牌，小孩子和老人则围坐在炭火旁烤花生或者红薯，大家热火朝天地说笑打闹。在炭火劈里啪啦的燃烧声和花生的绽开声中，旧历年最后的光阴一点一点地流逝。不知不觉，炭火旁边的老人和小孩开始打起了瞌睡，在各自家人的上门催促下回去睡觉了，只有方桌上的年轻人们玩兴不减，还在大声喧哗，酣战淋漓，直到大年初一的天亮。

（五）

乡下的大年初一，尽管年年相似，却一直令人留念，也令人向往。

每年这天的凌晨四五点，通常你还在黑漆漆的睡梦中，冷不丁地会被一阵噼里啪啦的鞭炮声兀地炸醒，这是早起的邻居抢先的新年第一挂鞭炮，寓意头响。这一挂鞭炮，仿佛是个点火石，接下来你的房前屋后，左左右右通通被炸响，或远或近的鞭炮声此起彼伏，把刚刚睡下不到两三个小时的人们从床上唤醒。心急的小孩子这个时候最为激动，他们头天晚上就把父母给他们做的新衣新鞋放在了床头，等不及了要在天亮时第一个穿上去人前显摆。我们家母亲和哥哥起得最早，哥哥起来是为了燃放我们家新年的第一挂鞭炮，母亲起来则是为了撮汤圆粉子准备一家人的早饭。等母亲把红糖切好面团揉好后，我们也陆陆续续起来了，大家涌进灶房里七手八脚一阵忙活，很快热气腾腾的汤圆就上了桌，人手一碗，一口咬下去，红糖四溢，又糯又香，烫嘴的甜。饭桌上，母亲会提醒小点的孩子别把新衣服弄脏了，同时叮嘱一家人千万莫要忘了大年初一的两个不能：一是身体再不舒服也不能服药，不然这一年到头都会病恹恹的；二是不能清扫庭院往外倒垃圾，否则这一年的运气会被扫掉倒没了。

放过鞭炮，穿上新衣，吃过汤圆，农历新年的正月正式扯开了排场。人们走出户外，衣服口袋里装满了瓜子花生爆米花炒薯条等香嘴小零食，在这个节气里尽兴地吃喝玩乐，乐此不疲地走家串户，探亲访友，跟狮灯，看彩船，热热闹闹一直到正月十五。

（六）

在乡下，从正月初一到正月十五，其间这十来天里人们大部分时候是不着家的，大家伙儿不是在亲戚家吃香的喝辣的，就是这村撵那村的观狮灯看彩船。

记得父亲和大姐早些年就参加过村里的彩船队，父亲负责唱词兼领唱，大姐负责担船，外加四个划船的"船夫"护驾，一行人搽脂抹粉穿红着绿，鼓乐喧天吹吹打打行进在村村寨寨，走村串户地上门给乡亲们拜年。大姐步伐轻盈，摆船摆得顺溜，父亲思维灵活唱功深厚，临场应变，彩船队走到哪家唱哪家，吉祥和幸福蕴含在唱词和鼓乐声里，往往把主人唱得心花怒放，乡亲们没有谁不早早封了红包大开龙门欢迎他们。除了耍采莲船，人们还耍狮灯，耍狮灯是具有挑战性的。狮灯队去到人家拜年，主人会竭尽脑汁摆各式各样的"迷阵"让你去拆，红包往往藏在"迷阵"里，狮灯队只有"拆阵"成功，才能顺利取走主人封的红包，不然就只能空手而归，因此每一场狮灯都颇为耗时而且惊心动魄。也因为有"拆阵"这个环节，狮灯更惊险更刺激，因此人们天天撵在后边观看，甚至有时可以在外边撵上七八天不回家。

但其中有两天人们是不能出门的，必得一家人齐齐整整地待在家里一起过。一是初七"人"的年，所谓"七不出，八不归"；二是正月十五元宵节这天。这两天是节中节，仪式感少不了，必须得一家人团团圆圆地聚在一起，烧上一桌子好饭好菜热热闹闹地享受一下。我们家除了年三十，也会在这两天各准备一顿丰盛的饭菜，烧一些纸钱上碗刀头祭奠迎送一下先人，祈祷先祖们地下安宁，同时保佑全家新的一年平安和顺。

时间不知不觉就到了正月十五，又一场翻天覆地的鞭炮声过后，又一碗甜甜的汤圆下肚之后，欢天喜地过了大半个正月的人们终于收了玩心，知道该谋划新的一年的生计了，家家户户该上学的上学去，该干活的开始干活，一派忙碌的景象。只有空气里，年味似乎还未散尽，依然飘散着鞭炮和酒菜的缕缕余香。

2021年1月于金城

当灾难已成往事

（一）地震时分

那一刻，是 2008 年 5 月 12 日 14 点 28 分。与往常一样，从租住的小区一楼回到学校三楼办公室的时候，孩子们也刚好午休完毕回到了教学大楼。许多班级正在唱歌，我习惯性地走到 12 班的窗口进行课前督查，发现我们的数学老师已经站在讲台上了。数学钟老师是一位五十岁左右的矮个儿中年人，双鬓有些斑白，性格温和，对学生随时都是笑眯眯的，孩子们不怎么怕他。今日的情形与往日没什么两样，尽管有老师站在讲台上，那些调皮的孩子也依旧我行我素，有打呵欠的，有伸懒腰的，有看书的，也有说话的，教室里明显有些无秩序。"简直是无视老师的存在！"想到平常的三令五申，作为班主任的我，一时无明火起，也顾不得数学老师的面子了，"陈晨，给我到办公室去！"我大吼一声，把一个正在和同学说话名叫陈晨的女同学揪了出来，我要杀"鸡"

给那些"小猴子"们看看！

　　陈晨惶恐不安地跟我到了办公室，先是一阵声色俱厉的呵斥，这个平日里嘻嘻哈哈的小姑娘的泪水终于开始在眼眶里打转。我暗想，该来软的了。"陈晨，知道伤心是好事啊，可是你知道吗……"正当我准备晓之以理，动之以情的时候，忽然感觉地面晃了两晃，"这是哪里在放炮石，居然能震晃地面？"我下意识这样认为。可不容我继续思考，地面又来了更剧烈的摇晃，伴随着摇晃，我看到了窗户外近处的高楼居然在左右摇摆，周围乃至大地发出不太明晰的轰鸣声。"地震了，快跑！"我脱口喊了出来。经我这一提醒，灵动的陈晨一下子弹射出了办公室，而办公室的另一位女同事汪老师居然没反应过来，一时间不知所措地看着我们。小姑娘陈晨看我们半天没有举动，跑了两三步又急急地跑回来拉住我，"老师，快跑！"

　　三层楼的楼梯，在平日里也就那么两三分钟的路程，可今天却是如此的漫长。我穿着高跟鞋，跟在我的学生身后，被她牵扯着高一脚矮一脚向楼下跑去。刚下了几级阶梯，忽然想起钟老师和其他几十个孩子还在教室里没有出来！我从陈晨那里抽出手正准备返回去看看，却听背后脚步杂沓人声沸腾，回头一看，从各个教室里涌出来的人流黑压压倾泻下来，瞬间堵塞了上楼通道！在拥挤中被迫裹挟向前，我频频回头，终于看见了人流中的钟老师和我们12班的孩子！剧烈晃动中，我看到钟老师一只臂膀狠命抱着转廊的立柱以防摔倒，另一只臂膀不断地把一个个孩子往自己身前推送，头顶的墙漆石砾开始纷纷掉落，有几片白色墙漆砸在他的头上随即又裂成碎片，瞬间染白了他的头发。整个大楼还在晃，所有的孩子们在老师的庇护下快速有序地往下撤离，我们的身子无法把握平衡，只能扶住楼梯扶手艰难行进。行进过程中，开始有砖头瓦块往下掉，可是什么也顾不得了，我们脑子里只有一个念头，赶快离开这个是非之地！

好不容易下到了操场的塑胶跑道，那里已经聚集了好多师生，学校领导正在组织各班班主任和任课教师清点学生。回望教学大楼，基本是人去楼空了，摇晃没有了刚才的剧烈，楼下的地面上，留下了少许的断砖瓦砾。强震暂时过去了，一边是宏伟寂静的教学大楼，一边是嘈杂喧哗的操场人群，可在我眼里，都是一样的惊魂未定，似乎仍在瑟瑟发抖。

（二）另类的学校生活

刚开始，我们并不知道这是一场史无前例的 8.0 级的特大地震，更不知道这场天灾竟然就发生在我们美丽的天府之国！只记得震后那天下午，很多的孩子被吓哭了，一些女老师也吓得面如土色。在当时，谁也没有想到，我们井然有序的学校生活就这样被打乱中断了。

天色逐渐暗了下来，许多家长在惊慌失措中反应过来，纷纷从四面八方奔赴学校来接应他们的孩子。通讯和交通的中断让接应工作受到阻碍，到晚上 9 点左右，学校还滞留了 2000 名左右的学生。虽然也惦念自己的家人，作为班主任的我们却不能离校，学校已经下达通知，只要有一个学生还滞留在校，就必须得有老师守护，学生在，老师在！尤其是班主任，需要通宵值班，全权负责所在班级学生的生活及生命安全，直到家长把所有孩子接走为止。我班上还有 18 个孩子，这个不平凡的夜晚，我们将注定要一起在空旷的操场上露宿度过。那是一个难忘的夜晚，夜色暗沉，正如古诗人所形容的"以天当被，以地为席"，100多名教职员工乃至学校领导陪伴着2000多个滞留在校的孩子，集中在空旷的操场上互相倚靠着或躺或卧或坐。大家因恐惧而紧张，因紧张而疲惫，一个个渐次进入了梦乡。子夜过后，天上飘起了迷蒙细雨，没有昆虫的鸣叫，只有几个校园巡夜人的低声呢喃。

翌日，余下的孩子被家长陆续接走之后已是下午三点了，天上正淅淅沥沥地落着雨，我穿着短裙，冷得瑟瑟发抖。在经过学校领导的同意之后，我迅速跑回租住的公寓，简单地收拾了几件衣物，开始火速向我们的"大本营"仙海飞奔——那里有我的家人和孩子。

回到家里，看到大家都安然无恙，一颗悬着的心方才落了下来。原以为能在家里多待几天，不想第二日学校便电话通知，地震期间，所有的教师必须到校上班，随时待命听从学校安排。大家都很纳闷，学生都走完了，还会安排什么工作呢？后来才知道，我们学校附近的区民政局，各地救灾物资的搬运下发需要很多的志愿者，我们学校教师队伍庞大，大难当前，舍我其谁？

救灾物资的搬运下放并不是一项简单的工作，首先是时间没有定准，可能是早上8点，也可能是下午3点，有时深夜12点来也说不定。说到就到，必须及时下放，因为兄弟省市组织不易，人家运送单位起早贪黑千里迢迢赶来，实在不好意思让他们久等。再就是天气恶劣，特别是午后，阳光毒辣，汗水在身上爬行，既热又痒，手上传递着矿泉水方便面，根本没时间去掠一下额头乱发的。繁重的物资搬运也特别能消耗人的体力，遇到背棉被方便面什么的还能吃得住，如果是背矿泉水或者大米白面什么的，那就足可以让你腰酸背痛一阵子的了。尽管如此，大家却没什么怨言，想想那些被废墟掩埋的众多的血肉之躯，想想那么多痛失亲人痛失家园的人们，我们这点苦算得了什么？

（三）那些感动和伤痛

震后的两三天里，我们几乎没嗅到血腥味。我们的城市虽大，却只是地震的波及区，连余震区都算不上，所以几乎没有谁亲历血淋淋的场面。可尽管如此，还是陆续传来了一些不幸的消息，主要是来自周边学校的。一些学校的人们在逃生之际因为楼道拥挤发生踩踏事故；有些学校的师生为了躲避灾难，在惊慌失措中跳楼逃生导致摔死摔残；更严重的是一些乡镇小学的校舍坍塌，直接将几十个乃至上百个小生命掩埋在废墟之下。最为惨重的是绵阳的北川中学，绵竹的东汽中学以及都江堰的聚源中学等，这些分布在地震带上的学校，师生们几乎全军覆没！

获悉这些消息的时候，除了心惊胆战惶恐不安之外，并没感到有多揪心，因为电视呈现的画面并不是那样的惨不忍睹，仁慈的编辑巧妙处理了那些血淋淋的镜头，他们不愿意让如惊弓之鸟的人们再承受生命的重压。可我，终究还是感到了彻骨的伤痛。那是在震后半个月之后的事了，当余震不再构成威胁的时候，我终于可以在白天回到家里看看电视乃至上上网。打开网页，关于"5.12"特大地震的纪实文字和图片铺天盖地地迎面飞来。我赫然看见了废墟下一个个色彩纷呈的书包，看见了一页页四散零落的书本，看见了一只只污迹斑斑的苍白的脚或手，看见了一排排被白布包裹的毫无知觉的遇难者遗体！尤其让人伤感的是北川中学一位幸存教师传上来的两组图片。一组展示的是 5 月 11 日北川中学高三师生为了缓解高考压力举行的课外活动，照片上的他们在球场上笑靥灿烂，激情四射，那一个个年轻的身影，无不迸发出青春的活力。而后一组图片中，可爱的孩子们却倒下了，那阴暗潮湿的地面上，他们已经毫无知觉，白布覆盖着他们残缺不全的躯体，整个校园弥漫着死亡的气息。而这一切的发生，相隔却不到 24 小时！

三十多年来，我第一次深切地感受到人类的渺小，在大自然面前，我们的生命是如此脆弱，不堪一击。但同时我又感到人类的顽强和伟大，回想灾难降临时，无论是在废墟下面对黑暗死亡笑着唱着的孩子，还是 5 月 19 日哀悼日那天在广场上振臂恸哭的老人，无论是日理万机，运筹帷幄的中央领导，还是奔走在废墟之上奋力营救的各条战线上的人们，他们都给人留下了太多的感动。

耳畔再一次回响起我们的总书记那掷地有声，响彻云霄的呐喊：没有什么困难，可以难倒英雄的中国人民！

（四）亦苦亦乐的帐篷日子

没有去过蒙古草原，也没有野外郊游露营的经历，我却"有幸"在 2008 年 5 月住进了帐篷。这也许是有些人一辈子都不可遇的经历，而且一住就是一个月。震后第二天，回到老公的学校。细雨蒙蒙，老公和他们学校的同事在当地政府组织下正在热火朝天地打桩搭帐篷，为的是让妻儿老小左邻右舍晚上有个栖息的地方。5 月 13 日夜，帐篷搭建好了，宽约 10 米，长约 50 米，里面密密麻麻挤满了床位，我暗想，有那么多的人住吗？待到晚上就寝的时候才发现，每个床铺至少都容纳了3个人，无一例外。

帐篷生活有苦有乐，记得刚住进的时候，很多的孩子甚至是大人都觉得特别新鲜，小孩子在床铺的空隙间穿梭，玩捉迷藏的游戏。大人们因为地震被迫停止了工作，于是三五成群地窝在棚子里聊聊天，偶尔也玩玩纸牌游戏，整个帐篷人声鼎沸。到了晚上，熟悉的不熟悉的人们，床头挨着床头，有些还在坐着彻夜倾谈。总之，帐篷里的生活，饮食起居像在自己的家里，人和人之间全然没了往日的距离。

可是，并不是所有的时候都让人心情宽慰舒畅。随着5月的流逝，6月的推进，帐篷里的温度日渐升高，特别是到了正午时分，棚子里的温度可高达35度以上，根本不敢进去午休，有人甚至戏称之为"温室大棚"。再者，由于人口高度集中，帐篷里的空气越来越污浊，蚊虫也越来越多，稍不留心，人们就可能出现疾病交叉感染。好在政府每天会派卫生所的消毒员按时来进行环境消毒，甚至还会给一些困难户送来生活必需品，故而从头到尾，这里也没出现一个病例。最让人心焦的是天降大雨的时候，又尤其是晚上，躺在棚子里，顶上是薄薄的彩条编织布，迅疾豆大的雨点打在上面，震得耳膜轰轰作响。仅仅是暴雨也就罢了，可有时候偏偏还要夹杂雷鸣闪电，可恶的大风有时也来助阵。头上是暴雨炸雷的轰鸣，周遭是让人心惊肉跳的闪电，而狂风也不示弱，千方百计寻着空隙卷地而来，那阵势，似乎不淹没吞噬席卷一切誓不罢休！我们的帐篷就这样经历着狂风暴雨的考验，破坏一次修建一次，破坏一次修建一次，最终在党员先锋的带领之下，在大家齐心协力的对抗之下坚持到了最后。

在那些住帐篷的日子，我们的学校也处于被迫停课的状态中。从来没有过这样的惊惧不安，但也从来没有过这样的悠闲自得。平日里工作繁忙，很少陪陪家里人，有了这样一个意外的机会，我得着了陪母亲聊天的空隙，母亲带来了大姐从阿坝捎回的一些色彩纷呈具有异域风情的鞋垫，我们一边扎鞋垫一边聊着家常，而那些家乡人们的童年往事，也就在这些不经意的话语中一段段一桩桩流淌浮现出来。也就在这个特殊的时候，我更进一步感受到了人生的邈远和无常。母亲快 70 岁了，如果不是这次地震，我会抛下自己的事情陪她絮叨吗？我 34 岁了，如果这次地震的震中就在我们这片土地上，我还有机会陪她拉家常吗？这一切都不得而知。

（五）堰塞湖，我们成了被关注的焦点

就在地震余波越来越小，人们的心情逐渐有所舒缓的时候，电视台又曝出了一条惊人消息，说是位于北川的唐家山由于地震影响新近形成了一个巨大的堰塞湖，这个悬在高地的堰塞湖屯水越来越多，已经达到了 2 亿立方米。根据专家推测，此湖一旦溃堤，将危及北川下游许多乡镇乃至中国西部科技城绵阳。消息一出，人们的神经又开始紧绷起来，我们每天第一件事，就是看电视播报，关心堰塞湖的疏导进展情况。因为专家说了，如果全溃坝，绵阳上百万人口将要被转移，即使用最保守的方法，三分之一溃坝也要转移近二十万人口。而我工作的单位，首当其冲正处于洪水过滤的地方，即绵阳游仙区沈家坝。

为了尽可能减少因为洪水带来的财产损失，学校开始组织人

马开始转移一楼的贵重器物，诸如文件电脑之类的。之后便是人员转移，为此，学校和政府专门制定了疏散计划。整个沈家坝的各大单位以及居民都被要求转移到附近的富乐山上，同时政府提倡能够投亲靠友的尽量投亲靠友，以减轻转移地的人口压力。近半个月，人们像蚂蚁搬家一样，纷纷往高地转移，城区的人口越来越少。为了绝对保障人民生命财产安全，政府开始派军队防守，凡是城区，人们只许出不许进。为了避免造成不必要的恐慌，政府还制定了周密的临时疏散计划，在洪水到来前的4至6小时将拉响警报，以确保部队及驻守到最后的人员可以安全撤离。从未想到，偌大繁华的绵阳城，会在短短的时间内变得空旷而寂静，它毅然伫立在涪江河畔，随时准备迎接即将到来的洪水的洗礼。

幸运的是，在经过专家和官兵们昼夜奋战后，堰塞湖的险情得到了合理的控制，那一触即发的洪水在经过疏导后变得温顺多了，2亿立方的蓄水顺着专家将士们开挖的明渠急驰而下，压力不断得到缓解，最后，蓄水终于降至1亿立方以下之后，人们心里的石头也随之终于落地，这意味着险情彻底解除！

堰塞湖被疏导的这十几个日子里，我们的精神高度紧张。最初听到险情出现的时候，大家也曾惶恐不安，埋怨老天为何这样残忍，总是无限度地考验着人们的心理承受能力。但慢慢地，大家的心情开始逐渐平复，一方面是洪水压力得到缓解，更重要的是我们感受了来自四面八方的关爱。印象中有两件事让人难忘，一次是与同事一起路过江油，沿途除了看到因地震而遗留的残垣断壁外，最为壮观的便是沿路边排列的墨绿色军车，一路下去，长达上百米。军车上面，装载的是一艘艘快艇，那是准备在紧急时刻疏散人民群众时做浮桥用的。而绵江路上，每隔50米，都会看见一个个皮肤被晒得黝黑的战士，炎炎烈日下，路上几乎没有任何行人，但是他们却身着红色救生衣，执拗地伫立在那里，随时等待着险情爆发时挺身而上。看着他们坚毅的眼神，那一刻，我内心彻底感受到了一种温暖，一种安全。另一件事便是几个的网上朋友带给我的感动，在一个月的帐篷生活结束后，回到家里，打开电脑，问候铺天盖地而来，有熟识的，也有素昧平生的，言语之间，无不透露出焦虑和担心。在经历了一两个月心惊胆战的生活之后，这些关切的问候，让我深深感受到，天地之间，我们不孤独。

（六）当灾难已成往事

唐家山堰塞湖险情排除之后，连日来萦绕在人们心头的阴霾开始慢慢散淡开去。再回到街头，从前密密麻麻当街搭建的花花绿绿的帐篷已所剩无几，交通恢复了秩序，店铺重新开张，人们的行色不再惊惧紧张，男女老少平静而从容，几乎没有人再提及地震中那些让人寝食难安的话题，似乎那是几个世纪之前的事情，甚或灾难从来就没有发生过。

只有一样东西随时在提醒着我们，那就是处处悬挂的横幅标语以及大型广告牌，最常见的诸如"上海援建""部队和人民心连心""向英雄的绵阳人民致敬！"等标语，这些红色巨幅不仅提醒着大家，在这片美丽富饶的土地上，曾经发生过怎样惊天动地的大事，我们经历过怎样的危难，又得到过怎样的来自四面八方的温暖的救助。我们要不忘历史，不忘国难。同时它还激励着人们斗志昂扬地投入到如火如荼的灾后重建工作中去：拆危房，建板房，疏通道路，恢复通讯，一切都在百废待兴之中。

看着这个灾前繁荣，灾后忙碌的城市，回想起天灾降临时的艰难跋涉，跋涉中爆发出来的不可遏制的人民的力量，耳畔不由地回响起这段时间最为流行的一句歌词来：

看成败，人生豪迈，不过是从头再来！

首稿2008年7月于富乐（2021年7月再稿）

我在富乐的十年

不一样的"邀请函"

2007年那一年暑假，在我工作的第十个年头，我接到了富乐中学的招考录用电话。至今还记得当时作为执行校长的廖聪寿廖校长直截了当的通知："某某同志，你已经被我校录用，请利用假期进行自我学习提升，准备开学后担任班主任。"

突如其来的喜讯，让我激动不已，唯唯连声之余，我突然想起自己根本没当过班主任，完全没有班主任的工作经验，到了新单位，那可怎么胜任呢？这点，我可得事先向领导说明。谁知我的意图还没表达完整，电话那头就说了："对不起，我们学校缺的就是能当班主任的能人，你如果要来，就必须做好当班主任的心理准备。"廖校长语气相当坚决，意思非常明白：如果当不了班主任，就没必要来了。闻听这不带任何感情色彩的回复，我的心头瞬间凉了一下，心想，这个学校怎么这样没有人情味？就在快想放弃的时候，对新单位的美好憧憬逐渐占了上风，思忖再三，最终我对电话那头回应道："好的领导，我会准时来报道的！"

电话搁下后，我久久没回过神来，这全区闻名的学校到底是怎样的一所学府，迎接新人的方式竟如此地不一般？

最美"清道夫"

新学校到岗不几天便是教师节。节日那天，学校开庆祝会，晚宴上，学校的一把手马光汉马校长挨桌来向老师们敬酒，敬到我们新教师这一桌时，没人介绍，他居然一一道出了我们的名字和来历："你是邹某某，来自三台实验中学的三八红旗手；你是蒲某某，是我们从仙海中学引进的优秀教师；你是董某某……"一口气下来，在场的十几位新教师他居然理了个门清，我们当时内心完全服气了，作为一个麾下人员成千近万，校务繁忙、杂事缠身的校长，有谁能在短短几天时间内就把自己手下的新人了解得如此清楚？何况，他那会双鬓斑白，身形已有些伛偻，大约已经年过半百了吧！

而此后几天里的所见，更是让我对我们的一校之长有了更深入的认识。见得最多的，就是他在校园各处俯身拾垃圾的景象。其中印象最深的一次是在操场上，一次是在我们十二班的教室外。当时我以为，他可能只是在人前给师生起个示范带头作用，没曾想这个却是他在校园内经年累月形成的一个习惯，也就是说无论人前人后，在马校长的视野之内，他就允许校园里有垃圾明目张胆地飘飞。校长的这个举动，让很多师生在潜移默化中主动加入了捡拾垃圾的行列，这当然也包括我。记得当时在操场上看到那个皮肤黝黑、伛偻矮小的身影在操场拾垃圾的时候，我还以为是学校里的清洁工，但当与他视线相触的瞬间，我的内心受到了极大的震动。它让我脑袋里立刻闪现了一句话：一屋不扫，何以扫天下。而校长躬身在我十二班教室门口捡垃圾的情景，更是让我羞愧不已。当时早自习，我正在教室里给孩子们讲一日常规，门外墙角边的那团纸我早早就看见了，却没有及时清理掉，心想等事情讲完了再去清理也不迟。没曾想恰逢校长早课巡视经过，与这纸团撞了个正着，我眼睁睁地看着校长在全班同学的注视下将门口的垃圾拾起扔进了垃圾箱，自己却不知该说些什么做些什么，如果当时有地缝，我想一定会想钻进去。其实关于这事，马校长至始至终没在我面前提过半个字，但它就那么深深地刺激了我，给我和我的学生上了终身难忘的一课。

站讲台的"领头羊"

在富乐，有一道靓丽的风景线非常引人注目，那就是每天早上晨曦初露时，你顶着薄雾步入学校大门，一定会看到列队迎接师生的学校领导班子。上至一把手，下至值周人员，他们精神抖擞地分列校门两边，以最佳姿态迎接全校师生的到来。无论旭日东升的初夏，还是风雪交加的冬晨，他们都会以这种精神饱满的姿态引领师生各就各位，满怀斗志地开启学校新的一天。春夏秋冬一年365日，一天不落。这个时候，被迎候的你，内心升腾起的是一种温暖，而愉快的学校生活，也就从这一刻开启。

领导们这种身先士卒的姿态，不仅仅体现于清晨早早到校列队迎候师生的到来上，还体现在学校工作的方方面面，尤其表现在对教学一线岗位的坚守上。在富乐，行政领导是要站讲台上课的，职务无论大小，事务不管简繁，你学的什么专业，就得任什么课的老师。不分主科副科，只要站上讲台，你就是一名普通的任课教师，到了期终年末，就需要和所有老师一起评估，同样也有可能会因教学业绩不理想而被校长约谈。因而富乐中学中层干部或许比普通老师还要辛苦，压力或许比普通老师还要大，他们不仅要做好自己手头分管的工作，还得站好讲台上好课，甚至还不能落后于学科组其他人，不然你这中层干部就失去了榜样示范作用。为此，很多任课的中层干部都很拼。据我所知，曾经和我搭档过的中层领导，无论手上工作多忙，他都会守好自己的一亩三分田，备课、上课、批改作业、考试反馈……"教学六认真"中的任何一个环节都不会落下，有时甚至会利用自己仅余的一点课后休息时间给学生讲题辅导，那种敬业精神实在让人叹为观止。

没到富乐中学之前，我和很多乡下的老师一样，对人们口中称道的名校是存在偏见的。在我们的潜意识里，一所学校之所以能成为名校，不外乎是掐尖吸优的工作做得到位，占据了优秀的师资和优秀的生源，何愁教育教学质量上不去？但我想说的是，在富乐学校耳闻目染了多年后，我深深悟出，一个学校能步入精英之列，优秀生源和师资并不起绝对作用，真正起作用的是先进的管理理念、过硬的管理模式、良好的校风学风，再就是一茬又一茬拼命三郎的努力拼搏和忘我奋斗的精神。

我的那些鞭策者们

有人曾问我，在富乐，压力是不是很大？答案是毋庸置疑的。

置身于富乐，你有一种处于龙卷风暴里的感觉，随时感觉自己在被一股无形的巨大力量往上推升，甚至有些停不下来。印象最深的是第一年当班主任陪学生军训的经历，这个军训与其说是学生在受训，不如说班主任在受教。富乐军训，学生在哪里班主任就需要跟到哪里，操场、食堂、教室、寝室，从军姿站立到就餐就寝，须得与教官一道寸步不离地培养学生的行为习惯。从早上6点晨起到晚上11点归家，两只脚在不停奔忙，嘴巴在不停地说话，半个月下来，嗓子嘶哑了，脚站肿了，人累瘫了。本以为自己刚来，这么辛苦可能是个例，想找个人诉诉苦吐吐槽，但看看其他同事，无一例外都被9月的日头打磨成了非洲黑人，却没有看到有人为此大呼小叫抱怨连连，于是只好将苦水悄悄咽回肚子里自己消化。

如果说高强度的军训和之后每天6节课的站讲台只是一种"劳其筋骨"体力考验的话，那么作为富乐人，你还得禁受"苦其心志"般的精神上的磨砺，它来自你所处环境的四面八方，有可能来自你搭班的班主任，也有可能来自你的年级组长，有可能来自年级组的分管领导，还有可能来自校外的家长们。在刚到富乐的头两年里，我深深感受到了他们的"关怀"，比如在教2010级时，搭班的班主任看到自己班上的语文成绩不如人意，就曾善意提醒道："蒲老师，在这个学校教书，千万莫吆鸭儿（耍尾巴之意）哟！"在当时，我认为这是一种不近人情的提醒和刺激，要知道，这个班主任是我曾经的高中同班同学，我想，他怎么就这么看重成绩而轻视同学情谊了呢？而当时分管我们年级的黄平校长也曾把我请到他的办公室，拿出年级组任课教师以及班主任的教育教学测评结果分析道："蒲老师，你身兼两职（班主任和任课教师），犹如身长两腿，要想走远双腿都需用力，千万别当跛脚先生哦！"这番话，期望高于质疑，我却感到了千斤压力，那会，我觉得任何人的质疑对我来说都是一种否定，那绝对是一种耻辱。走出办公室，强烈的自尊促使我暗下决心：不就是用成绩说话嘛？我一定要冲在前面让他们看看！几年后，当自己被逐渐打磨成了一个相对成熟的教书先生后，再回观当年同事和领导的鞭策激励，方才觉那是一笔宝贵的精神财富。正是这笔精神财富，滋养着无数不甘落后的富乐人，在教育教学这条道路上不断前行，勇争一流。

友爱互助的团队

一个教师的成长，离不开一个精诚合作、互帮互爱的团体。每个初到富乐的新人，几乎都经历了这样的过程。记得第一次参加语文组的新教师上课比武大赛时，赛课过程中，我未经深究，想当然地把"不是花中偏爱菊，此花开尽更无花"中的"此花开尽更无花"理解成了菊花开过以后，再也没有其他花儿能与之媲美的意思。下来之后，当我还沉浸在自以为不错的赛课成绩中沾沾自喜时，评委组的周校长（时任学校的副校长）找到我，很严肃地指出了其中的理解偏差，并告诉我，作为传道授惑者，首先自己不能有疑惑，授课前一定要做足功课，精研教材，才能避免知识的误传。周校长的及时纠偏和指正让我在以后的教学准备中慎之又慎，让我养成了不备好课绝不上讲台的好习惯。再后来，全市要开展语文教师技能大赛，没有自信的我从未想过要参赛，但语文组的好姐妹邹桂容找到我说："阿蒲，走，我们一起去报名，我觉得你完全有能力去拼一拼！"我犹豫再三，终究还是敌不过好朋友的劝说，便和她一起参加了比赛。从学校到区上，从区上到市上，历经层层搏杀，在 100 余名选手中，我们分别获得了全市一等奖第 4 名和第 9 名的好成绩，这不仅给学校争了光，同时也为我们之后的评职晋级打下了坚实的基础。对于这个结果，我发自内心地感激当时好朋友对我的敦促与鼓励，没有她，我可能就和一等奖第 4 名失之交臂了。其实，像这样在年级组、备课组里的互相鼓励、惺惺相惜的事例还很多，比如语文组大哥孙少连、备课组长贾君华、赵敏、年级组长岳文、贾长友，还有好姐妹何晓梅、白光含、李雪枝等，他们经常在我的 QQ 空间里和我互动，就我写的一些教育教学心得和我交流并给予我高度肯定。这些都给了我无穷的力量，让我不断地向一个合格的"语文人"努力靠近。

2017 年，是我在富乐中学工作的第十个年头，也是这一年，我离开了富乐，告别了教育一线。对于富乐来说，作为她怀里普普通通的众多成员之一，我不曾参与过它建校初期的风雨十年，也无法陪同她走过今后的光辉岁月。但就我陪同她一起成长的日子，我亲身感受到了她具备的独特魅力和强大潜力。看到她日益磅礴的发展和壮大，看到她领航游仙、笑傲绵州，甚至名扬川内外，我为之感到骄傲，也深知这一切离不开每一个富乐建设者的辛勤汗水和无私付出。

然我今天所记下的点滴，不过是巍巍富乐的冰山一角，她的传奇，还散布在校园的每一个角落。

2022年10月于金城

在二嬢家消暑的那个夏天

小学三年级那年暑假，二嬢来家里做客，临走时问我愿不愿意去她家玩，说她家有两个和我年龄相仿的小姐姐，大家正好做个伴。作为家里小老么，打小就少有出远门走亲戚的机会，我自然很乐意了，极力央求母亲应允（那个时候我们家家教很严，小孩子在没有得到大人的许可下一般不能跟别人外出），最后在母亲的默许下，我跟随二嬢翻山越岭到了他们家。

二嬢家共 5 口人，二嬢和白姑父（姑父姓白），两个姐姐一个叫二女子，一个叫香兰子，还有一个叫青娃子的哥哥。青哥据说不是二嬢夫妇亲生的，是从小抱养过来给二女子当上门女婿的。在这个家里，白姑夫有点严厉，说话一板一眼，我有点怕他；青哥和二姐比我长几岁，年龄上有些距离感，唯有二嬢和香兰子最亲近，二嬢是母亲的姐姐，她自然把妹妹的孩子也当作了自己的孩子；香兰子只比我大一岁，是真正的同龄人。那年夏天，香兰子从头到尾几乎陪了我一个暑假。

刚到她家的那天是个黄昏，白天的暑气已退，落日余晖里，周边的村落依稀有炊烟散开，二姑夫和青哥在田间忙活还未收工归家，二姐穿着碎花的确良衬衣站在门口朝我微微笑着，香兰子像一只快乐的小麻雀从屋里飞出来迎接我，一见面就拉着手叽叽喳喳说个没完。我发觉二孃的两个女儿都很漂亮开朗，尤其是扎着马尾的香兰子，清秀的小圆脸，眉毛又细又弯，两片薄薄的嘴唇只要一启动，银铃般的笑语声立马就会从她的唇齿间滚落出来。她拉着我向二孃请示道："我带容妹妹去菜园子摘菜吧！"原来，二孃家煮晚饭的时间到了，按惯例，这个家里的男丁负责田里农活，一天三餐都是由家里的两个女孩儿负责的，现在正当蔬菜瓜果成熟的季节，二孃家饭桌上的菜肴是即采即烹的。在得到二孃的准允之后，我跟在香兰子的后边，像鱼儿一样在篱笆和林荫掩映的地埂间穿梭，不一会便到了二孃家的菜园子。二孃家的菜园子内容很丰富，姹紫嫣红一派堂皇富丽的景象：紫莹莹的茄子在茄秧下半遮半掩，饱满鲜红的西红柿从叶间纷纷探头，一人高的竹条架上爬满了月牙儿似的绿豆角，粉皮冬瓜和金黄南瓜藤条交错，横七竖八圆滚滚躺了一地……所有的瓜果，似乎都在向外人炫耀它的主人们有多勤劳多会侍弄。我们摘了一些豆角、茄子、西红柿还有黄瓜装在篮子里，离开时，香兰子顺手又在田埂间掐了一把绿油油的韭菜，说用这个炒鸡蛋可好吃了。

晚上，到二孃家后可口的第一顿饭菜上了桌：二姐把嫩嫩的豆角去了茎，用手掰成一小截小截的，添上粳米熬了粥，又用茄子、黄瓜、西红柿加上猪油渣烩了一锅香喷喷的烩菜，二孃从鸡窝里捡了两颗新鲜鸡蛋，让二姐搅成了鸡蛋羹炒了韭菜。饭桌上，听到香兰子银铃般的笑声和青哥以及姑父畅快喝粥的呼噜噜声，我食欲大振，不知不觉中添了两次饭，直到肚子撑得圆鼓鼓的才放下筷子。饭后，我们照例在院子里纳了一会儿凉。纳凉期间，还是香兰子话最多，叽叽喳喳说个不停，尽是些白天和小伙伴们在一起的见闻；二姑夫读过一些书，偶尔也冒几句评价时事的话；青哥作为家里唯一的青壮，却不怎么言谈，现在想来，在二嬢家待了近半个月，还真没与青哥说上几句话，后来才知道，青哥对二姐几乎没什么感觉，一点都不喜欢准上门女婿这个身份，再加上白姑父的严厉，让他在这个家更没了表达的欲望。

二嬢家夏日晚上不像我家，他们习惯早睡，纳凉没多久，二姑夫便打着呵欠掌灯睡觉去了，当家的离了场，其他人也没了兴致，二嬢便张罗着让我和香兰子去睡觉。而睡觉这个情节，却成了多年后我对二嬢怀念不已的一个画面：一间偏房里，一张宽大的高低床上挂着蚊帐，床上铺着竹篾编的席子，床头边的柜子点着一盏油灯，灯火摇曳，透过纱帐照亮两个还在床上翻滚打闹的小女孩。二嬢走过来捞开蚊帐："两个死女子，还不睡！你们想干啥？"她一边假装厉声嗔怪道，一边在每人的屁股上轻轻拍了一巴掌，随后扶我们起来于床上站直，顺手拿过枕边叠放的床单，从我们的腋下穿过，像包粽子一样一圈一圈将我们围裹起来。原来乡下夜凉，二嬢怕我们两个调皮鬼蹬掉被毯受凉，便用了床单做睡袋，通过包裹方式随便我们翻滚。包裹完毕，待我们躺在床上乖乖地一动不动时，二嬢又从柜边取过灯盏，钻进蚊帐，为我们燎蚊子（燎蚊子是个技术活，动作要快，看到蚊子歇在某个角落，悄无声息地凑过去，用灯盏火苗在蚊子身上一晃，蚊子即刻掉落，而蚊帐毫发无损），二嬢就这样在床上一寸一寸地跪行查看，从床头爬到床尾，直到将藏在角落里的蚊子赶尽杀绝，她才轻轻地滑下床，为我们合上蚊帐放心地轻手轻脚离开，此时我们已经进入了甜蜜的梦乡。

清晨，一阵鸡鸭出笼的欢叫声将我们吵醒，该放牛了。作为香兰子的小跟班，我们一起将二嬢家的大水牛牵到他们家屋后的斜坡地。早上的一切都那么清新，空气凉幽幽的，青草上挂满了露珠，显得格外水嫩。大水牛埋头啃着草，老半天才抬头看我们一眼，见我们并未走远，摇摇尾巴又干饭去了。我和香兰子闲得没事，就扯了细长的野草叶子坐在光滑的石头上编项链和手链，编了一根又一根，直到两手都套满了，直到二嬢扯着嗓子叫我们回去吃早饭，我们才牵着肚子圆滚的老水牛往回走。

乡下的午后，太阳火辣，田间地头的农活一时也上不了手。为了打发时光，午睡起来后，二姐和香兰子通常会教我扎鞋垫。这针线活自然是二嬢传给两个女儿的，二嬢和母亲一样，是他们那个年代心灵手巧的绣娘，所以我多少也有点使针线的功底。我们从竹林捡来风干了的笋壳，抚平后剪成鞋底样，用糨糊糊上两三层布头，最后用纯色的白布或者红布粘成封面，在太阳底下晒干，接着就可以扎花样了。那时候扎鞋垫最流行的花样就是红双喜，或者喜鹊闹梅，再或者鲤鱼跳龙门。说实话，三个女娃中，二姐虽然年龄比我们长点，但扎鞋垫并不是最好的，倒是香兰子，不仅口齿伶俐，针线活儿也来得麻利，一双鞋垫半天她就能搞定。看我扎的鞋垫，不仅粗糙而且还污唧唧地沾满了汗渍，再看香兰子的杰作，针脚清晰，色彩明亮，鞋垫上的图案呼之欲出，像极了集镇上的售卖品。

那个夏天不知道是怎么结束的，也不知道是什么时候回的家，此后很多年，我没有去过二嬢家。后来与二嬢家人再见面的时候，白姑父已经不在人世了，二嬢身体也大不如前，听说是二姐夫妇（姐夫不是青哥，他终究抗拒了命运的安排另娶了）在照管。问起香兰子，二姐一副嗤之以鼻的样子，说她过她的好日子去吧，任她再会做生意再有钱，没有她，二嬢一样能被经养好。我不知道二姐香兰子两姊妹间经历了什么，也不知道流走的岁月改变了什么，只知道再后来二嬢去世的时候莫名有些伤感，以至于一到夏天，就会想起那些夜里她给我们裹床单燎蚊子轻脚轻手离开的情景，也会想起门口远远地笑着迎接我的二姐，还有那个有着银铃般笑声心灵手巧的香兰子。

2022年8月28日于金城

光阴里，那些关于阅读的碎片

前几日，《绵阳日报》的孙师兄说世界读书日到了，在群里问大家有没关于读书的文字，我当时正在忙别的事，便说下来找找，结果忙来忙去最后还是忘了这茬。隔日师兄私聊时再度问起此事，深感歉意之下，仓促间打开草稿箱，翻出了以前存储的一些零散片段，匆匆草就，姑且凑成了一篇，算是我个人阅读方面的一点心得记录吧。

小时候，体质孱弱的我一直比较安静，不像别的小孩那样活泼好动。没进学堂之前，别家小孩子上湾跑下湾，满村子乱窜，而我却喜欢待在家里，看哥哥姐姐读书，看父亲绘画写毛笔字。父亲见我不爱和小朋友打堆玩闹，怕我孤单无聊，便给了我几本小人书，让我自己翻着玩。虽然不识字，我还是翻得津津有味，书中那些着盔甲骑大马拎长矛的武士，那些披红装施粉黛插凤钗的女子在一幅幅生动的插图里或横刀立马，或顾盼生姿，甚是吸人眼球。我咂摸着图中人物的一举一动，一颦一笑，逐渐品出了一个个英雄悲歌、倩女遗恨的故事。后来才知道，这些故事便是人人推崇的四大名著，父亲用这几本连环画，给我启了四大名著的蒙。

后来上了小学，正式接触了书本，那时候学科较少，除了语文数学，便是音体美。同学中很多人喜欢数学体育什么的，我却热衷语文和美术，尤其是语文。我学语文可能天生与别人不同，别人是把它当成一个科目，程序式地学习，我却一直保持着小时候看连环画的习惯，喜欢咂摸、品味课本里的文字和插图。老师在上边范读，我却不会跟着课文里的文字走，反而喜欢看着插图想象和补充老师所读的情节，倘若文章没有插图，我便会自行脑补，自觉地把文字转化成一幅幅画面。通过这样的方式，我总是比别人容易领悟到文章的主旨，与作者达到情感共鸣。我的语文老师们认为我阅读能力超过一般儿童，经常当众表扬我，这让我对阅读更加有了动力，渐渐地我的阅读从被动变成了主动，范围也从课内阅延伸到了课外。

我喜欢阅读，记得整个小学时段的无数个课间十分钟，别的孩子是在操场上跳绳踢毽子斗鸡打沙包的游戏中度过的，而我通常是在教室里静静地独坐，一个人沉浸在书海里不能自拔，经常是别的任课老师进了教室，我还舍不得掩上书本，总是藏在抽屉里偷偷读完某一章节才能作罢。傍晚散学回家或者节假日，家里总是有许多做不完的杂活等着我们去忙碌，倘想安安静静不受打扰地坐在一旁看书基本是一种奢望，只有在灶前烧火做饭的人才可以在静坐中得点短暂的闲暇。我仗着小身子骨单薄，自告奋勇地但起了家里的"火夫"，于是，在哥哥姐姐弟弟们砍菜挑水打猪草扫地忙得不亦乐乎时，我就可以坐在灶前趁一把火的空闲一目十行，惬意地享受着这独一份的阅读时光。四年级是我整个小学时段读书最自由的时候，那时大姐离家到一个很远的小学校驻点教书，为了晚上住宿安全便带上我这个小妹到驻点学校读书作陪，我们回不了家，自然少了许多琐碎的家务。姐姐爱好文艺，每天放学后，便和同事们在一起唱唱歌拉拉琴，我则一个人坐在我俩单身宿舍的木门槛上翻看图书，从午后三四点经常读到夕阳西下，余晖照着黄色土墙、褐色木门和小小的我，那景象远远望去，有人说那简直就是一幅氛围静谧的油画。那时候读物匮乏，我所接触的基本是大姐他们那代成年人读的作品，诸如《红岩》《第二次握手》《青春之歌》《钢铁是怎样炼成的》等等，都是姐姐从同事那里借的，我读得囫囵吞枣，似懂非懂，却又如饥似渴难以搁置。记得有一本《青春之歌》破破烂烂前无开头后无结尾，我却反反复复翻看了三遍。

到了五年级的时候，姐姐换了教学点，我回到了离家近的石龙小学就读，遇到了班主任兼语文老师李鹏。如果说以前我的阅读是自发行为，那么这位高高大大白净文气的年轻书生则成了我们进入文学殿堂的引领者。那时候我们有了自己的正式读物，李老师不知从哪儿给我们借来了大量的《儿童文学》《少年文艺》《安徒生童话》等阅读刊物，让我们在课外时间自由阅读，甚至每周还专门留出一两节课作为阅读课，讲评书似的亲自为我们演绎文学作品。记忆最深的是他为我们讲《敌后武工队》，绘声绘色，引人入胜，魏强等英雄人物被他塑造得活灵活现，许多男孩子在课下游戏时争相模仿，这部红色经典由此也深深地根植在我们幼小的脑海里。李老师善于抓住我们喜欢听故事的心理，说如果大家表现好的话还可加补阅读课，大家无时无刻不是在期待下一个情节，因此学习起来特别卖力，完全不用老师操心。

到了初高中，学业开始紧张起来，我们大量的时间被抛洒在了题海里，课外阅读时间大大减少。这会我的阅读基本被浓缩在了课内，我把全部热情投入到课内仅有的几篇文学作品上，认真地听老师们对作品分析和解读，饶有兴味地听他们对作品的咀嚼和延伸。难忘初中语文老师贾元正在解析《故乡》时演绎的杨二嫂，高中蒋武聪老师诵读的经典诗词《沁园春·雪》，两位老师其时皆五十岁左右，然男老师反串杨二嫂时从神态、语气和身段里透出来的刁钻刻薄，女老师诵读毛主席诗词时散发出的那种奔放和豪迈让我明白了文学作品的无穷魅力，它可以陶冶甚至改变一个人性情，让人达到忘我的境界。

后来上了大学，自然而然地选择了中文系。除了文学概论和中国的古代、现当代文学，也开始接触外国文学作品。小时候看过的不过是几篇情节简单的童话，真正捧上了诸如《巴黎圣母院》《战争与和平》《百年孤独》《复活》等大部头巨著，才发现世界如此广阔，历史很宏远，不同的地域，不同的语言，不同的文化，人类对命运的思考以及对时代的忧虑却始终是相通的。

出来上班后，随着物质逐渐丰裕，电子网络飞速发展，读物不再匮乏，手上也有了大量可支配的阅读时间，然而阅读行为却越来越少。这时候方才深刻领悟到随园主人"书非借而不能读"的真正含义，人的惰性真的很可怕，枕边放一本书，大多时候成了摆设，偶尔朋友推荐一部作品，也是三天打鱼两天晒网，拖拖拉拉要读一两个月。读的时候偶尔跳出一些自以为深刻的感悟，却在下一刻被手机里的八卦新闻和抖音小视频等驱赶得一干二净，所以一本书好不容易读完了，却没能及时留下一星半点的阅读感悟，感觉书最终是白读了。

　　人生近半，回想几十年的生活，风风雨雨，到底还是阅读能让人安静，能让人内心喜悦，满足踏实。风平浪静的时候，待在书中，岁月静好。遇事的时候，也拿起笔涂涂写写，把心事倾倒在纸上，悲喜便找到了安放的地方，用不着去叨扰身边任何一个人。这个时候，几十年积累起来的阅读体验化成了自己的所思所想，落在纸上，便成了可抵御外侵的铠甲和铜墙铁壁，以及疲累时最可依靠的臂膀和港湾。

2021年4月28日于金城

人物散记

迁 父

父亲今年80岁了，可老头子耳不聋眼不花，走起路来也不见得是颤巍巍的。除了须发斑白，脊背略显伛偻之外，丝毫看不出来他已是年逾古稀的人。这让家里人在庆幸的同时也深感意外：父亲这样迂腐倔强偏执了一辈子的人，意识居然能清晰到80岁，实属奇迹。

在我记事时，父亲已经50岁了。由于家里子女众多，父亲早早地从教育战线退了下来，目的是让老大顶班，同时家里又可以多一个劳力。对父亲的印象，便在这时候才开始有的。其时他的外在形象颇像鲁迅先生：精瘦，八字须，寸发直立，一看就知道是个硬性子，是遇事不晓得转弯的那种。

父亲退休时，家里五个子女，除了大姐顶班有了工作，其他四个相继还在读幼儿园，小学，初中。这可苦了母亲，一家五六口人包产地，全靠她侍弄，父亲虽然也算一个劳动力，但毕竟是一介书生，力量是微弱的。母亲开始还能任劳任怨，但女人的肩膀终究承受不了这样沉重的担子，她也要为自己物色个接班人。于是私下看中了我家二姐，这个中不溜的女子，上有要升学的哥哥，下有幼小的弟妹，人又泼辣勤快，是最合适的人选，就她了！谁知和父亲一说，他居然双眼一瞪，暴跳如雷："不行！养儿不读书，等于养头猪！我就不信缺了她一个劳动力，家里就转不了，我不是还能耕田耙地么？！"一句话，没有半点周转余地，气得母亲在床上躺了一周，两人开始出现僵持局面，半个月后，还是以父亲的不妥协告终。不过此后，他的苦日子也就来了，我听母亲说，父亲为了放水耙地，两日两夜没有休息，最后累得睡倒在了水田里。这个我没见过，我倒见过读高中时我回家拿生活费，父亲在火热的秧田里除稗草的情形：直立的发须不再精神，耷拉在头皮上，汗水沿着发梢爬向苍老多皱的脸颊，泥水和汗水混合的衣服发出难闻的气味，让人不敢近身，而老父亲却浑然不觉，一手提着一捆稗草，憨憨地看着女儿傻笑。那一幕，真是让人难忘。

父亲本性急躁，又有些自命清高。在他那儿，凡事都看不大顺眼，似乎全世界就他一人是对的，这个毛病到了60岁便显得更为突出了。我那时已经上初中了，成绩挺优秀的，但是总找不到丝毫优越感，因为我发觉无论走到哪儿，当别人说那就是蒲老太爷的女儿时，大家话就不多了。我好生疑惑，后来问母亲，才知道父亲在外边得罪了一些人，要么看不惯上级领导大吃大喝，趾高气扬。要么憎恶村主任克拿卡扣，中饱私囊。父亲爱写写画画，我一直以为他的杰作不过是贴满了家里墙壁上的那些上不了台面的宣纸，哪晓得书房桌案上还有一摞摞起草他人的诉状。

对外人苛刻，对自己人父亲也毫不含糊。记得父亲很钟爱哥哥，因为他一直是家里学业最优异的孩子，很难得见他对哥哥说一句重话。可是有一次，他却提了个手臂粗的木棒，把哥哥撵得满屋子乱窜，最后躲在龙门子的门后角不敢出来，我们其他几个小的也吓得大气不敢出。其原因只是因为哥哥随几个少年去河边学鸭子凫水，这既不安全又匪得没个正形，你叫他如何容忍得了？所以后来我学着别人吹口哨打响指，咿咿呀呀地唱齐秦的"漫漫长夜里，未来日子里，亲爱的，你别为我哭泣……"时，父亲的脸色青得要出水，于是我知道暴风雨要来了，赶忙自觉刹车。

上了七十岁，父亲生硬的秉性开始有了缓和，脸色也逐渐慈祥温和起来。可是，另一个毛病却开始见长，那就是自命不凡，盲目自夸。每当有人说："蒲老先生，你现在得了（得了，即圆满）啰，儿女不再让你操心了吧？"这时候的父亲像极了阿Q："是呢是呢！娃娃们背书包背到我70岁，现在都得了啦！然后他就开始向别人历数哪个女儿做了医生；哪个儿子做了政府官员；哪个儿子曾经是中央领导的警卫，现在是某企业的副总经理。最让人难堪的是我不过考取了一个小小的绵阳师专，硬被老父亲宣传成"绵阳师范大学"，熟悉绵阳的人都知道，找遍绵阳大街小巷，也没个"绵阳师范大学"啊，弄得我在人前简直不好意思抬头。于是，私下里，翅膀硬了的我们开始批评父亲："你不是说做人要实在，要低调吗，现在怎么这样糊涂？"

父亲的糊涂和自以为是在他80岁生日那天发展到了极致。满满一大厅人，有人要请老寿星讲话。父亲郑重其事地端起酒杯，说了一句他这一生中最得意忘形的一句话："我这一辈子没什么功劳，但有一点我高兴啊，那就是我开了五家银行。我把一生的精力和财力全部存在了这几个银行里！"开始时，大家又以为老头子酒喝多了，迷茫地看了他好半天，待父亲的视线朝我们几兄妹投射过来时，大家瞬间明白了其中含义，为他这精彩的生日致辞报以了最诚挚最热烈的掌声。

我们怕了一辈子的父亲，我们不以为然了一辈子的父亲，曾经被另一个老先生，也即他的竞争对手，我们钦慕的对象、教育了我们兄妹几个成材的初中老校长这样评价道："他是一个不起眼的人，他本身不算奇迹，但是能让众多儿女走出穷乡僻壤并逐渐摆脱愚昧贫穷，为子女的生存发展铲开道路而自甘寂寞一生，这却是一件难能可贵的事。"

2006年5月于仙海

磨菜刀

        按照父亲自己的纪年法，父亲今年已经 86 岁了。实际上父亲 1926 年生，只有 84 岁。可父亲总是爱把自己的年龄无限放大，每个生日过后，父亲的年龄就会顺次递增好几岁，许是人老犯糊涂的缘故，也或许是老人家为自己的高寿自鸣得意的一种方式。

        像这种罔顾事实把年龄放大的荒唐做法其实还不关痛痒，父亲在人前说起自己的年龄时，我们几个兄妹不过相视笑笑便罢，大家已经习惯了，这事你不能和他老人家较真，否则的话，他会脸红脖子粗地和你生气好几天。一个年龄问题，犯得着惹得龙颜大怒吗？呵呵，大家还是识相点好。

        可今天早上发生的一件事，却着实让人抓狂了好一阵子，真是叫让人哭笑不得。

        早餐后，我去楼下洗了个头，回来后便躺在沙发上，一边看电视，一边跟母亲和姐姐聊天。母亲突然想起什么似的，说道："你出去洗头时，你爸把你的菜刀拿到菜市场找人给你磨了。"

什么？我一下子从沙发上弹跳起来——老天，我昨天为新房子厨房刚买的菜刀，是不锈钢的，好几十块，还没拆包装呢！你见过磨不锈钢刀的吗，何况还是新的？

我赶忙跑到饭厅拿出我心爱的菜刀查验正身，不看便罢，一看心里才叫那个痛啊！本来锃光瓦亮明晃晃的一把好菜刀，现在浑身上下伤痕累累，刀刃处全是模模糊糊的放射形线条，刀柄上水迹斑斑，磨刀人的握痕还依稀可见——我的娘，这刀纯粹被废了！"老—太—爷！"我气疯了，冲到父亲的书房前大喊大叫，"谁叫你献殷勤磨我的菜刀了？！知不知道那刀是新的，不锈钢的，根本不需要磨啊！现在好了，磨坏了我不要了，你就拿着吧！"不等父亲回应，一阵咆哮后，我气呼呼地抽回身，直接跌倒在沙发上生起闷气来。

"啥子事不得了了嘛？不就一把刀吗，磨坏了我给你赔一把就是了！"本以为父亲挨了我的熊批之后，会可怜巴巴地躲在书房里禁声思过，没想到他居然还颤巍巍跑到客厅闷声闷气地回怼起我来了，"你晓得啥？我活了这么大岁数，还没见过菜刀是不用磨的，不磨咋使？"接着，老太爷又瞪了一眼坐在沙发上的母亲："就你个老太婆，一天到晚煽阴风点鬼火的，喊你和我一起去给女子磨刀，你不去不说还在这里说三道四！"我的母亲也是个不甘示弱的老太太，瞥了父亲一眼："好好好，你是有功之臣，花了两三块钱办了多大一件好事！""哼！"，父亲不屑地白了母亲一眼，"两三块钱，你去差不多，人家是你亲戚！"

"呵呵，原来磨刀的行情也与以前不一样，涨价了哈！"半天没说话的姐姐被逗乐了，忍不住冒出了一句。"可不是，五块了呢！"父亲像得到了支持似的，一下子变得更理直气壮了。接下来，他又朝向我缓了缓语气道："幺女子，那刀倘磨坏不能用了，我给你买一把新的就是。"

话说到这氛围上，我的气早消了。看着父亲消瘦衰老的身躯，看着他为我的菜刀生气的样子，认真的样子，想象着 86 岁高龄的他在菜市场守着磨刀人，犹如守着他的一个美好心愿的样子，我突然觉得自己实在蛮横无理得过分。父亲不过是想为我做一件事情而已，他的快乐回报来源于子女的笑脸，可我，却对父亲做了什么？

我的内心突然有些羞愧和酸楚，甚至不敢正视父亲的苍颜白发，我逃也似地站起身来离开客厅，随便装作无所谓的样子给父亲丢下一句话："没事，爸，那刀不值钱。"

　　　　　　　　　　　　　　　2010年7月于六里村

怀念晓燕

....

　　很早就知道一个事实：晓萍不是我们家老大。父母的第一个孩子叫晓燕，也是个女孩，她应该才是我们家货真价实的老大，晓萍其实是老二。在母亲的描述里，晓燕温和贤淑，孝顺懂事，是爸爸妈妈的好帮手，是其他小弟弟小妹妹的好榜样。只可惜我从来没见过，在我一岁的那年，晓燕刚好离世，听说得的是败血症，那年她14岁。

　　对于燕姐的印象是模糊的，来源于一张发黄的旧照片，那是她给家人留下的唯一纪念。相片是两寸黑白半身照，照片上的姐姐笑靥灿烂，身着素白碎花衬衣，一根粗黑的长辫搭在右胸，一双明媚的眸子充满着对未来的无限憧憬。当我对周围人事开始有些明白的时候，我对这个家里并不存在的成员的照片产生了兴趣，可父母对我当时的好奇很敷衍，只说是大姐姐，已经不在了。我明白"不在了"就是死了，可死是怎么回事，我却很迷茫，那时死亡对于我来说是个很陌生的词。

后来陆陆续续地听到了有关晓燕的一些片段，什么读书特用功啊，成绩特优秀啊，性情特温和啊，特别勤快懂事啊等等，这些描述不由得使我对我的大姐姐产生了好感，因为我总觉着我的后两个姐姐晓萍和晓玲似乎没那么优秀。在我幼时的记忆里，她们对我老是凶巴巴的，全不把我这个小不点放在眼里，一想到笑微微的燕姐姐，心里就莫名地温暖起来。

日子不紧不慢地流淌着，当树叶绿了又黄，黄了又绿的时候，我们的家族在我父亲这一支发展到了它最繁盛的时期。父亲一生两次婚姻，他现任妻子的五个孩子都有了孩子，他第一任妻子留下的两个孩子也都有了孙子，也就是说，我的父亲已经是做曾祖父的人了。我以为，晓燕早该像一缕清风从父母和其他人的心头散去了，却没料到，她在我们双亲的心里刻下了那样深的烙印。

那是在我家的饭桌上，来小女儿家做客的父母又开始面对桌上的饭菜忆苦思甜起来，不知不觉，便提到了大女儿晓燕。我突然间来了兴致，破天荒地没有打断他们的唠叨，也不怕他们啰嗦了。我有个目的，想引诱着他们往下说，想弄清楚姐姐死亡的前因后果——父母在这方面对我们几个小的一直是讳莫如深的。

奇怪的是这次父母没有再敷衍我，他们用眼色交换了一下意见，开始了我有生以来听到的最长的一次絮叨。以下是我大姐姐晓燕去世的详细经过。

时间退回到 32 年以前，当时应该是生产合作社，也就大集体时期。

那是一个冬天的午后，家里就三个人，母亲，我和弟弟。其实，我们家当时人口众多，只是都各有分工，各司其事去了。父亲在三十里外的一个偏远小学校做校长，父亲前妻的女儿已经出

嫁，前妻的儿子和媳妇，也就是我的大哥大嫂作为我们家唯一的
劳动力在田间挣工分，母亲的六个孩子，包括晓燕在内的前四个
正在学堂苦读，由于我和弟弟尚在襁褓，嗷嗷待哺，母亲不得不
留在家里，一边照顾我们，一边打理所有的家务。就在这个时候，
正在上学的燕姐姐却突然一瘸一拐地回家来了。

　　母亲万分惊异，逃学在我们这个家庭是不允许的，一方面是
父亲的威严，一方面是哥嫂的闲话。于是母亲追问了原委，才知
道姐姐因为脚疼难忍，老师让她回家休息。母亲本想责怪姐姐不
体谅父母，一点病痛都忍受不了。但一看到孩子那龇牙咧嘴的模
样，一想到她刚刚徒步15里路回家的辛苦，最终还是忍住了。

　　接下来，母亲帮姐姐查看了病况，发现姐姐的脚背某处有些
红肿，那是一个冻包。（这是我们家每个孩子都有的，冬天冻手
冻脚，司空见惯）。稍微有些异样的是这冻包覆盖在一条血管旁，
且已经有些破皮，大概是走山路回家给撑破了的。母亲没有太在
意，她用清水帮姐姐洗了创口，然后做了简单的包扎，便让姐姐
坐于我和弟弟旁边，一边照看我们，一边休息。而母亲自己赶忙
腾出身子，又是打猪草又是弄鸡食，满院子奔忙，没办法，谁叫
家里这么多人等着吃饭呢？

　　大约守护了我们两个小时，燕姐姐开始有些精神不济，她对
母亲说想去床上躺会，母亲答应了，侍弄姐姐上床后，母亲坐下
来开始为我们纳鞋底。可是不到一个小时，母亲听到了姐姐的呻
吟，她赶忙走过去哄劝了几声并摸了摸姐姐的额头，她发现姐姐
好像有些发烧了。母亲开始有些不安起来，她决定去给父亲打个
电话，告知他家里的情况，最好能帮她拿个主意，要是能回来更
好。可是电话只有公社才有，这得赶十几里路才能通话。母亲顾

不得我们了，她叮嘱正在床上呻吟的姐姐让她注意外间我和弟弟的动静便急匆匆地走了。

可是当母亲跌跌撞撞地赶到公社打通父亲那边的电话时，父亲却不在学校，说是下村检查工作去了，幸得有快腿的人跑去报了个信儿，捎回话来说父亲那边的事情很要紧，让母亲给姐姐先请个赤脚医生看看再说。没办法，只能这样了，母亲又急匆匆地往家赶，回到家时，天已傍晚。姐姐还在呻吟，幸好大哥大嫂此时也刚好下工，母亲便让大哥火速去找大夫。

大夫没来，他听大哥描述了病情，让他带回了一些治冻疮的常规药物，除此之外，他也没什么别的好方法和好药物了。尽管如此，母亲还是把这些药物当作救命稻草，赶忙给姐姐敷上，并焦急地期待它们尽快地发挥效应。有那么一个时辰，姐姐安静了一会，可是还没等大家松口气，她又开始呻吟起来，这次比先前还厉害，甚至还伴随着阵阵痛苦的呼唤。她在叫母亲，一声又一声地哭着唤娘："疼啊，娘，女儿好疼啊，娘！"母亲心如刀绞，抚慰的话却变得语无伦次："燕儿啊，忍忍吧，一家大小都围着你呢，他爸，孩子不会有事的吧？……"

懂事的姐姐，知道下有两个幼小的弟妹在熟睡，知道劳累了一天的哥嫂还有母亲需要多休息。她不叫了，母亲能听得到她牙关咬紧的声音，能感受到她的躯体颤抖得有多激烈。母亲泪水长流，为了安抚女儿，她问姐姐："燕儿，想吃点什么，妈去给你弄点。""面条，娘，我好想吃点面条啊！"姐姐虚弱地答到。我想在她 14 年的生命中，这一定是她向母亲提出的唯一有些过分的要求吧！因为母亲说，当她把一碗在当时很稀有的面条端到姐姐面前时，她几乎是抢过去，三下五除二吃得只剩下空碗了。

面条下肚，姐姐不再呼爹喊娘地叫疼了，她开始胡话。一会说，娘，屋子里怎么不点灯啊，好黑好黑的。一会说，娘，弟弟衣服脏了，要该洗了。一会又说，娘啊，快去开门啊，我听到爸回来了呢。听一句，母亲的心就往下坠一下，再听一句，再沉一下。母亲终于不忍再听下去，她流着泪走到我家大门外，望着漆黑的夜空，心里默默地念叨："天啊，你快快放亮吧！孩子她爸，你快回来啊！"

天终于亮了，天亮的时候，父亲也终于满面尘土地赶了回来。可是晚了，父亲再也没能看到他活蹦乱跳的晓燕姑娘——那个曾经青春的，美丽的，温文懂事的丫头，他只看见她面色苍白地躺在板床上，神色平静地睡着，永远地安睡过去了。

父母的故事讲完了，我已然满眼泪水。透过泪帘，我想安慰一下年迈的辛劳一生的父母，却惊异地发现父亲和母亲眼里并没有泪光。母亲神色平静而淡然，六十多年的岁月，母亲经历了太多的苦难，或许心中的痛觉已经迟钝了。而父亲只是喃喃地说："这辈子上了这么大一个当，我不敢再拿任何一个儿女的病痛当儿戏了。"

饭桌上一片沉寂。突然间，我觉得自己好残忍，我为什么要在这样一个美丽的清晨，在这样一对年迈的父母前提起那样一段让人悲伤的往事呢？

2006年5月6日凌晨3点于仙海

珏儿日记四则

（一）2002年12月2日　星期二　雾

宝宝是个女儿，姓龚名珏，迄今为止，刚好一岁零五个月。很早就想写写这个初涉人世的小东西了，无奈许多繁杂琐事，使我失去了很多给她按快门的机会。今天，算是个补偿的机会吧！

女儿是在沉抗医院呱呱坠地的，为此，我在产床上折腾了一天一夜，最后，当我筋疲力尽的时候，小宝宝为了冲出母体求得生存，也累得气喘吁吁，落地的瞬间，她已是全身青紫，声若游丝。幸得医生照顾周全，小家伙一待缓过气来，便神气活现地哇哇大哭，显示出她顽强的生命力。

时间一天天推移，由于哺乳的方法不当，女儿两个月的时候，我得了急性乳腺炎，迫不得已停奶手术。从此，女儿再也没有嗅到过妈妈身上的奶香味，全靠爷爷奶奶给她春八宝米面糊充饥度日。到六个月时，奶奶过生日，宝宝开荤了，当长辈爷爷将沾满辣椒的菜肴点到她的小嘴里时，她小脸一沉，哭了。但从此之后，一岁左右的小家伙，再也没有怕过辣椒，五谷杂粮来者不拒，每一顿饭，定要亲自动手，无论筷子还是勺子，非闹得天翻地覆，天女散花不可。

女儿体质不太强健，因此行路不算先锋，整一岁时还需要父母牵着手走，一岁零两个月时能扶着茶几挪步，直到三月的某一天傍晚，放手她就走开了，惹得邻居奶奶不住地夸说："这个小乖乖，说走路就走路，不像其他娃娃，还有几天过度。"

女儿的语言机能发育较快，当同龄的小朋友还不大会叫爸爸妈妈的时候，她已经能叫出叔伯阿姨等许多的称谓了，而且小嘴特甜，无论认识与否，她必定咿咿呀呀打个招呼。到现在，女儿已能认识三分之二的邻居，并能将他们的称呼一一区分开来。除此之外，她还会辨别五官四肢，认识鸡鸭猪狗等家禽。她喜欢说话，拿本小人书，她会煞有介事地读个叽里呱啦，丁点大的人儿，每晚必要拿起电话话筒，对着话筒说些小儿国语言，最后挂电话时，还不忘说声拜拜，实际上，整个过程不外乎是她的自言自语。

女儿也有恼人的时候，每每她的要求未被满足时，经常是一屁股坐到地上，倘大人还无反应，干脆就双手一摊，小腿一蹬，趴地上去了！这个动作从无人示范过，独独我家的小东西有创造力，把这么坏的习惯从娘胎带到世上来。要知道，她第一次趴地上耍赖的时候，仅仅一岁零两个月，直弄得我目瞪口呆，到了后来，便是屡见不鲜了。为此，爷爷奶奶还要将就她，轮到妈妈，就行不通了，经常是看到妈妈头也不回地离去时，小东西方才慌了神，匆匆忙忙地爬将起来，哭哭啼啼的地追着要妈妈。

我家的宝宝太顽皮了，这不，妈妈在这儿写日记，她却从小被窝里探出头来，不停地叫妈妈，双手双脚胡乱踢蹬着被子。好了，今天就此打住吧，不然小家伙感冒了，可是一件痛苦的事！

（二）2003年8月9日　星期四　雨

再提笔时，我的珏儿两岁零一个月了，小调皮个儿长高了许多，从前长长的花裙子如今套在身上已成为超短"迷你裙"，稀疏短浅的头发也逐渐浓黑茂密了。最让人感到欣慰的是小东西嘴巴一张，会一口气背诵近20首唐诗。当然，也有让你感到工夫白费的时候，比如背诵《咏鹅》时，她会创造出这样的诗句："鹅、鹅、鹅，曲项向天歌。白日依山尽，黄河入海流。"或者在吃饭时突然冒出这样一句："我不想吃'红豆生南国'！"真让人啼笑皆非。

女儿的创造力有时足可以让你目瞪口呆，一首《世上只有妈妈好》，她可以根据自己的喜好把它篡改为《世上只有爸爸好》《世上只有爷爷好》《世上只有奶奶好》诸如此类的，从而不失时机地博得不同人的喜欢。

女儿的记忆力也出人意料地强，无论是儿歌唐诗，还是英文字母或阿拉伯数字，只要你重复三四次，她便能略记一二，时不时地给你一个惊喜。迄今为止，除了能诵诗之外，小家伙能从一数到三十，能用英文叫出部分家庭成员名称、水果名称、家禽名称等近二三十个单词。

当然，小家伙也有不乖的时候，在这方面，性情特像她的长辈，躁得很，且非常好动调皮。稍不留神，她便从你的眼皮底下溜掉了，待你千辛万苦地寻到她时，要么是在邻居家的饭桌旁眼巴巴地看别人吃饭，同时伴随着一副垂涎欲滴的可怜模样，要么是跑到我家的二楼上，蹲在盛满水的盆子边津津有味地玩水游戏，经常是通体湿透，分不清楚究竟是水还是汗。这种时候，只要你扬起蒲扇巴掌，准会听到她讨好告饶的声音："妈妈不打娃娃，娃娃乖，下次不玩了！"因此，这个鬼精灵很多时候都能逃脱大人的惩戒。但也有不走运的时候，因为爸爸的巴掌有时比她的告饶声落得更快，看着她小嘴咧开哇哇大哭的样子，真是又好气又好笑，其间的趣味是不可言表的。

但不管怎么样，我们还是坚持一条教育原则：育人要有礼有节，小孩子有错，一定要叫她学会承认错误。因此，女儿虽然才两岁多点，却学会了一些礼貌用语，比如：谢谢你、对不起、没关系、早上好、晚安等等。以至于有一次，远方的一位朋友带着她十二岁的儿子到我家来做客，两岁的女儿和大她十岁的哥哥便有了迥乎不同的表现，让大人颇生感慨，原因很简单：大人们同时给两个小孩夹菜，哥哥心安理得地接受了，且没做出任何反应，而妹妹却顺口说了声："谢谢！"当即，朋友对女儿大大地赞赏了一番，对他的儿子却进行了一番语重心长的指点。在我的眼里，这是习惯成自然的事，因为我一直教给女儿一个道理，在接受别人的东西时，一定要表示谢意，女儿只是流露出了一个习惯而已。这让我感受到育人的快乐，也让我对如何育人多了一份思考。

但愿女儿能给我更多的灵感！

（三）2005年3月20日　星期日　晴

今天无甚大事，睡个懒觉收拾停当，也就中午 11 点了。

坐在书桌旁，方觉得清静得心慌。仔细想想，原来身旁少了女儿叽叽喳喳的乱耳之声，她正在楼下和小哥哥小姐姐们玩得欢呢，想必心中所有的人都到九霄云外了，特别是她的妈妈。

不知不觉，女儿已经超过了一米的高度，我牵她的手时再也不需要弯腰。说到此，我倒想起我有许久没有牵女儿的小手手了，手中空空如也，耳边却时时听到孩子奶奶的念叨："多跟娃娃玩玩，你瞧你们娘俩都快成生铁了，母女间没有感情怎么行？"

婆婆的话让我惭愧，的确，这一年多来，我对女儿的关注实在太少，白天除了上班，晚上便是上上网、看看电视，更多是看看书和写写自己的东西，甚或想想自己的心事，女儿怎样长大的，我几乎无从知晓。偶尔看到小娃娃可爱模样，便想和她亲近，可没想到的是女儿总会毫不留情地拒绝："你好烦，我不要你！"最初看到女儿无心的拒绝，觉得很好玩，丁点大的人儿随时会说"好烦"，难道不是一件有趣的事么？可渐渐就觉得心中不是滋味了，任何时候孩子受了委屈，哇哇啼叫的总是奶奶，甚至连梳头这么一件小美差，她也宁愿让奶奶做，即使奶奶没有妈妈梳的漂亮。

记得两岁半之前，女儿的小嘴会唱出许多儿歌，会背许多小诗，还会叽里呱啦念许多英语单词，脑子里还会时时蹦出"狼来了""白雪公主""青蛙王子"等许多小故事。可是现在，除了"好烦""你走""你滚""我不要你"这些词语，女儿最自如的一个动作便是我要抱她时的乱踢乱打。每次面临这种情况，除了假意威胁和哄骗利诱，我实在别无他法，我觉着自己离女儿是越来越远了。

"世上只有妈妈好，有妈的孩子像块宝……"从孩子嘴里流淌出来的歌词仍然是这样的，但我想女儿在唱响它时，就如背加法口诀"1+1=2"一样无心和机械，它永远缺乏扑向爷爷奶奶怀抱的那一瞬间的温情，这让我感到忐忑不安，我担心女儿成人之后会这样问我："妈妈，你这一生总在忙，你究竟忙出了什么成果呢？"

是的，在女儿眼里，在爷爷奶奶的眼里，我很忙，我是工薪女人，我无暇顾及女儿，以至于我们在一起彼此间却熟视无睹。可我究竟在做什么，我又究竟做了些什么呢？十年、二十年之后，我真的就会桃李满天下吗，那么我的女儿是不是其中最艳丽、最夺目的那一枝？

看着女儿渐高的个儿，圆圆的苹果脸，小巧的粉嘴儿，我想，我对女儿的熟悉就只剩下这张脸蛋了，难道我就这样从她三岁开始疏离她一生？

（四）2006年6月1日　星期四　晴

我是在绵阳实验幼儿园大三班的教室里。

花花绿绿的教室，家长围圈而坐，中间的空出来的场地便是娃娃们的舞台——今天是六一儿童节。

节目还没开始，孩子们已经自顾自地在场子中间欢呼跳跃了，我静静地独坐一隅，在娃娃堆里搜寻我的女儿龚珏，正巧碰到孩子的眼光也在围了圈的人群搜寻她的妈妈，母女俩在目光相接的刹那不由得都笑了，娃娃为看到了妈妈而感到踏实心安，妈妈为女儿在同伴里鹤立鸡群而欣慰。的确，孩子年龄并不算最大，但是个儿在孩子里却特别显眼，就在那一瞬间，突然有种感觉漫上心头：女儿又长大了！

　　记得刚送进实幼上全托班时，女儿很是可怜，除了第一周做父母的有些于心不忍，偶尔偷偷给老师打个电话询问情况外，之后几乎忘了自己还有个女儿。主要是因为老师说龚珏适应能力还挺强的，除了每天傍晚有点落寞和无精打采外，并没像其他孩子那样哇哇哭个不停。后来一个多月后，女儿很高兴地回家来，问起想爸爸妈妈没有，在学校哭鼻子没有，"我只哭了一点点，文静哭了好多好多哦，老师说文静不乖。"她得意地向我们宣扬。

　　但是后来出现的一些状况，让我觉得或许让女儿全托并不是明智之举。刚上幼儿园大班时，珏儿正好满四岁，和所有望子成龙的家长一样，我们把女儿送进了少年宫学舞蹈。由于家在郊区，每次送孩子上幼儿园也罢，去少年宫也罢，必得早早起床，否则就会迟到。让人不解的是女儿对待这两件事情的态度截然不同。同样是起床，我们叫"丑女，该上幼儿园了！"，她必然要哼哼唧唧在床上赖半天，显得极为不情愿。而我们叫"丑女，跳舞啰！"，无论睡意多浓，她都会条件反射似的从床上弹跳起来，任凭你给她穿衣梳洗，她都毫无怨言。开始觉得不解，后来想想，毕竟是孩子，她是凭喜好做事的，跳舞是两个小时的事，上学却是一周的煎熬，小小孩儿，他们是依恋父母的！

　　不过我认为对父母过于依恋实在不利于培养孩子的独立性。孩子和父母之间太过黏糊，就越无法和大人割舍，大些时候想适应外界环境便相对困难了。如何让小不点明白这个道理呢？唯一的办法就是在孩子心目中树立一个英雄形象，而我必须是这个形象，只有成为她钦佩的人，她才会对你言听计从。于是，我积极参与学校开展的各项家校联系活动和亲子活动，并为他们提供各种建议和设计蓝图。孩子的老师见我的东西很有创意，便让我担任了家长委员会委员，每次会议发言，老师第一句话必然是"下面我们请龚珏的妈妈发言，大家欢迎！"。久而久之，家长和他们的孩子对龚珏这个名字相当敏感，至于她妈妈是谁，反而没什么人关心了。倒是我的女孩，总会喜滋滋地跑回来说："妈妈，今天老师把你的画贴出来了呢！"要不就是："妈妈，老师今天表扬娃娃了！"好啊，我暗自高兴，从此你就上套了。

　　总觉得孩子是简单幼稚，行为可笑的。但有些时候，又觉得他们并不那么单纯。那日周末去幼儿园接娃娃回家，刚到她就抱住我说："妈妈，娃娃晚上老咳嗽。"我心一揪："哦，那向婆婆（向婆婆是晚上的宿舍管理员）管你了吗？"。"管了，向婆婆说，咳死算了！"孩子无心的回答吓了我一跳，但转眼一想，大人肯定是和孩子玩笑的。于是我笑着对她说："那你警告向婆婆说要把她的话原封不动告诉妈妈哟！""不，那不好，向婆婆会生气的，那样她就更不管娃娃了！"瞧瞧，这小脑袋哪来的这些世俗的处世原则呢？又一日，爷爷追究她和小哥哥，是谁把雪白的墙壁画花了，小哥哥赶紧申明："不是我，不是我，肯定是妹妹！"小丑女瞥了哥哥一眼，不紧不慢说了这样一句话："我画的有这样难看么？"哥哥一时无语，倒是大人们在一旁哈哈大笑了。

　　"妈妈，你看我刚才跳舞跳得好不好？"女儿蹦蹦跳跳地窜到我身边来，一时打断了我的思路。"好啊，非常好！"尽管女儿的舞姿并不是她同伴中最婀娜的，但我还是毫不吝啬地给了她最真诚的嘉奖。"但是，这会儿的时装舞你怎么没去跳啊，你不会吗？"我看着正在表演时装舞的孩子问道。"才不是呢，老师没选我嘛，哼！"小嘴委屈得噘了起来，但很快她的视线又被吸引走了。接着，伴着音乐的节奏，孩子又自顾自地跳起来，尽管她没有被选中，尽管没有在场子中间，但这并不影响她的快乐和表现欲望。放眼四周，才发现所有没被选中的孩子也都在旁边跳起来了。音乐是天使，孩子更是天使，在他们心目中，没有杂念，只有自己。

突然就想起了丰子恺的《写给我的孩子们》的那封信，他说，他最艳羡他的孩儿世界里的真实和无忌，他们是最具创造力的天才，但是随着社会对他们的改造，孩子们的世界将不再真实，这真是人世间的一大悲哀。我的女儿，她的未来世界又将会是什么样子呢？

座　位

女儿8岁了，每周六要去上美术培训班。从家里到学校，需要横穿大半个城市，孩子爸爸不放心，再三嘱咐我每次一定要亲自接送，说是怕孩子走丢了。其实对于路线，娃娃比我还伶俐，每次到站下车后都是她领着我穿越大街小巷，记性出奇得好。不过鉴于世事的复杂，娃娃的单纯，我还是很谨慎地对待着她的接和送。

这天是周末，收拾好画夹我们又出发了。天很蓝，阳光很明媚，公交车却很拥挤。苦苦等待半个小时之后，车终于来了，霎时人群像潮水一样涌向了前门，我和女儿几乎是被等车的人潮抬上去的。车厢里更是拥挤，让人感觉呼吸都很困难。怕女儿被踩着，我努力地搜寻着可供女儿一站的高地，还好，在驾驶员座的后面，我瞅到了一个空隙，握着女儿的双臂用劲一提，我便把女儿送了上去。可就在我把女儿扶上去拉着吊环站好之后，我看到了这样一幕：一个和我母亲年龄相仿的老人，满头银发，脸上刻满了皱纹，伛偻着脊背，枯瘦苍白的手紧紧抓着扶手吊环，随着车子的晃动，身子颤巍巍的悬在半空，那样子像极了一片在秋风中瑟瑟抖动的枯叶，随时都有飘落的可能。再看她的膝下，一条长椅子上，一个三十岁左右的男子带着一个五六岁的小男孩正安然稳坐，那孩子表情懵懂，茫然地看着在他面前悬挂摇晃着的人体。而孩子的父亲，那个男人，却侧身背对着我们，他的头斜撑在手臂上，似乎睡着了。可看看他们屁股下面的凳子，是可以容纳三个人的。"小朋友，稍稍让一点，让这位奶奶也坐一下好吗？"，憋了半晌，我实在看不过去了，对孩子发了话。我想大人识相的话，应该会明白我这话不仅仅是对孩子说的。孩子怯怯地看了我一眼，又看了看他家大人，迟疑地往父亲那边挪了挪，却没挪出多少空隙来。再看那男人，居然没有半点反应。我内心很是不平衡，强压住心头的不满，轻轻地拍了拍那佯装熟睡的男人，"往里边让一点好吗？让这老人也坐会吧！"男人抬头看了我一眼，或许是真的醒了，也或许是看到其他人逼视过来的目光，终于朝里让了让，给老人腾出了一席之地。"老太太，去坐会吧！这么大年纪，别摔着了。"我向老太太示意道。"不了，闺女，我站会就行，我不累。"老太向我笑了笑，拒绝了我的好意，固执地站在那里一动不动。我实在不理解，这位老太太为什么不愿意坐这个来之不易的位置。老太太没坐，其他人也不好意思去坐。我的小女儿，看了看周边的人，又看了看那老太太，尽管她像一片风中晃动的幼小叶片，却也没有做出任何举动来。那个好不容易空出来的位子，就那么醒目地空着，亮晃晃的，让人说不出来的别扭。

随着一站一站的过去，车上逐渐有些松动，放眼四周，我的身旁终于有了一个空位。看着还在台阶扶手吊环上晃动的小女，我唤着她的名字，示意她过来坐坐。殊不知小女看了一眼她身旁的老太太，却迟迟不肯下来，在我眼神的一再催促之下，她才慢腾腾地挤了过来，挤过来之后的第一个动作便是附在我耳边道："妈妈，那老奶奶一直没坐呢！"我没好气地说："你坐你的，那老太太说了她不累。"小女看着我愠恼的神色，又看了看老太太膝下一直空着的那并不宽敞的座位，再看了看我身边的空座位，犹犹豫豫地坐下了。可我发觉，我女儿坐得并不心安，她的眼睛老是往她原先站立的方向瞟，而那眼神也老是随着车子的左偏右倚晃动着，一副心神不宁的样子。此刻，我知道我的孩子心里在悬着什么，可我并不觉得孩子多事，相反，我为她的举动感到欣慰，我为女儿有一颗柔软的心而骄傲。

又一站到了，随着售票员的到站提示，车厢里出现了短暂混乱。像鱼头一样，车厢里吐了三三两两的乘客。大约两三分钟后，车子恢复秩序又开始启动了。这时，当我把视线从车外收回的时候，我发现我的小女儿坐得似乎比先前安稳些了，我下意识地朝司机座背后的"高地"望去，不知什么时候，那老太太已经下车了。

2009年8月于富乐

可怜的秋香

································

新年过去了，我们再次重返了校园。

刚进教室，只觉一片欢腾，孩子们还未从节日气氛中醒过来呢！他们上蹿下跳，眉飞色舞地交换着彼此的兴奋和喜悦。我放任他们自由地闹腾，怜爱地一个个看过去，虽然都是半大小伙半大姑娘了，但毕竟还是童心未泯，我羡慕他们。

我的眼睛游弋着，最后停留在教室最偏的一个角落里。与周围的气氛相比，这里是那么孤寂，没有一点生气——这个座位人去楼空了。

她叫张秋香，记得新生报名的时候，看到这个个子瘦小，头发蓬乱，脸色蜡黄，眉梢始终低垂的小姑娘，我的耳畔莫名地回响起一句歌词来：秋香，你的爸爸呢，你的妈妈呢……

这是一首类似《小白菜》幽怨而凄苦的民间小调，偶尔被人戏谑般哼唱的时候，脑子里就会浮现出一个模糊的形象来：一个父母双亡，身世凄苦，流离失所的小女孩。看着眼前怯生生的小姑娘，我无缘由地闪过一念：莫非"秋香"这个名字天生与一种既定的命运相关联？

开学工作是忙碌的，各种各样的计划，大大小小的会议，上面强调的教学"六认真"，一项都不能懈怠，待静下来整理学生档案时，已经是半期小结了。翻看着学生名册，收获着他们的业绩，一个个鲜活的面容随着名字不断地在脑海中掠过。"张秋香——124 分（三科总分）。"秋香，谁呢，我怎么就记不起她的模样了呢？

她老是把自己藏在教室最偏的一隅，那位置是她自己选定的。从另一种角度来讲，是大家选剩下的，她其实没有了选择的余地。对此，她似乎没什么怨言，即使有，也不可能流露出来。自从来到这个班级，她一直都很沉默，她不会主动和人交流，或许她觉得自己天生就该坐那样的位置吧！秋香把自己定位在一个若有若无的位置上，从而在所有人的心里，真就成了一个若有若无的人了。

如果不是那次作文，我还以为秋香就是秋香，一个没有思想，没有任何需要，把自己定位为世界上最卑微最多余的人。

在那篇命题为《我的成长烦恼》的作文里，我吃惊地发现秋香的思维比以前任何一次都更清晰，语言比以前的任何一次都更流畅，尽管错别字仍然多，句子读起来仍然别扭，但至少有一个主题了。（秋香以前的作文我从来就没读懂过，不是因为她的作文太深奥，而是因为她的作文总是语无伦次）。在这样一段文字里，我感受到了一个少女沉寂已久的心跳："我没有妈妈，妈妈不知道那（哪）儿去了？家就我和爸爸两个人，我害怕回去，我不喜欢家，爸爸总是大（打）我，他让我作（做）所有的家里事，自己不干，我还要给爸爸大（打）九（酒）喝。……我喜欢在学习（校），我喜欢看莿（蒲）老师的眼睛，哪（那）有点像妈妈，我还喜欢张欢，她也性（姓）张，哪（那）次她帮我捡地上的笔……"可怜的女孩，这么久了，还把"蒲老师"写作"莿老师"，她老是忘了旁边还有三点水呢。我提起笔，蘸了红墨水，帮她圈了错别字，然后怀着复杂的心情在旁批栏里留下了这样一行字：相信爸爸没有恶意，他是爱你的，老师同学也都爱着你。

我无法坚信自己的评语有几分重量，它能代表我们所有人的心声吗？秋香的爸爸是怎样一个人，他是否爱着自己的孩子我不得而知；秋香的老师，如我这样的人给过秋香多少关注我们心知肚明；少年不更事的同窗能给秋香拾笔的又有几人？可怜的秋香，在她孤寂的世界里，却把别人不经意的瞬间当作是最温暖的太阳，世间感情细腻如她，知恩图报如她，谦恭温良如她的又有几人呢？

此后的日子，对于周围的人来说，秋香还是秋香，仍然不擅言谈，仍然一个人孤坐一隅。但实际上，秋香已经不再是从前的秋香了，偶尔你会发现她的头发不再像从前那样蓬乱，表情也不再如从前那样麻木，她的嘴角和眉梢会时不时微微扬起，眼睛里也随之有了春天般的光亮。

可当春天真的来了的时候，秋香的座位却人去楼空了，没有人到学校为她做任何说明，问孩子们，都说不知道，也难怪，大家平时很少和她交流。循着上学期留下的家庭住址找过去，发现了一个没有人的孤零零的院落，长满了荒草，像极了平日里的秋香，远离尘嚣，在嫩黄的春色中静默着。

2006年3月于仙海

送你一束"花圈"

这件事发生在我的语文教学课堂之上。

记得当时我在给学生讲评一道发散思维训练题，要求是仿照例句形式造句，例句是这样的："如果一滴水珠能折射一线光明，我将送你一泓清泉；如果一粒嫩芽能代表一声问候，我将送你一座草原……"引导学生学会抓结构抓关键词，注意修辞手段的使用以及领悟前后从属关系等要领之后，我开始引导学生们畅所欲言。为了拓开他们的思维，活跃课堂气氛，我给了他们一个引子："同学们，如果一朵花蕾代表一个祝福，你们打算送老师什么？"顿时，下面七嘴八舌就说开了，一个同学说："老师，我将送你一束鲜花。"我想了想，开玩笑说太少了。"送你一个花篮。"又有人说。我笑着摇摇头，还是表示不满意。正待继续点拨时，突然就听见后边几排的同学发出了一阵哄笑，我很诧异，问大家在笑什么。"老师，廖鉴说要送你一个花圈！"短暂的迟疑之后，一位同学忍不住脱口而出。"哈哈哈"又是一阵哄笑，比先前的更响亮了。我怔了一下，突然之间便明白了孩子们在笑什么——在我们这里，花圈有它特殊的含义，它就是生者悼念死者的一种祭品。看来，有人蓄意要来个恶作剧。

我短暂的愣怔似乎提醒了其他孩子，就在一瞬间，几乎所有的同学都哑然了，他们小心地观察着我的表情，企图捕捉到一丝暴风雨来临之前的征兆。因为他们明白，这可不同于一般的恶作剧，它明显地带着恶意的诅咒和挑衅，接下来将是一个怎样难堪的局面呢？同学们敛声屏气，不禁暗暗地捏了一把汗，也为肇事者提着心吊着胆。

我思绪一片混乱，正欲发作时，眼睛突然触及一张张面孔，他们紧张而略带稚气。看着看着，我的心情慢慢平静了下来。我想起了这样一个故事：有一次，美国著名战斗机试飞员胡佛，完成飞行表演任务后飞回洛杉矶。回归途中，飞机突然发生严重故障，两个引擎同时失灵。他临危不惧，沉着果断地采取了措施，奇迹般地把飞机迫降在机场。他和安全人员检查飞机时发现，造成事故的原因是用油不对，他驾驶的是螺旋桨飞机，用的却是喷气式飞机用油。负责加油的机械师吓得面如土色，见了胡佛便痛哭不已，因为他一时的疏忽差点造成飞机失事和三个人的死亡。胡佛并没有大发雷霆，而是上前轻轻抱住这位内疚的机械师，真诚地对他说："为了证明你能干好，我想请你明天帮我做飞机的维修工作。"这位机械师后来一直跟着胡佛，专门负责他的飞机维修。从那以后，胡佛的飞机再也没有发生任何差错。

这就是胡佛的高明之处。对于重大错误，其实不需要别人指责，过失者早已在内心深深自责内疚了。如果此时尊重对方，理解他的心理，对之报以宽容之心，那么对于对方来说，不仅是一次改过的机会，更是一种博爱和激励。何况，教室里的还是一群孩子呢？

当我的眼神从孩子们的身上收回来的时候，我的脸上已经云开雾散，我笑吟吟地叫起肇事者廖鉴，温和地对他说："你是要给老师送一束花环是吗？因为它比一束鲜花多出更多的蓓蕾，代表更深沉的祝愿，是吗？"我说话的时候，眼睛里一直充满着对他的鼓励和信任，似乎刚才他的确是这样说的。廖鉴看着我，脸微微有些发红，有点手足无措的样子，但眼里的不安却在渐渐隐退。我趁热打铁，继续真诚地说道："你真是个好同学，老师得好好谢谢你呢！""不，老师！"我话音未落，廖鉴突然急切地叫起来，"能允许我再造一个句子吗？"大家的眼光再次投向先前的肇事者，满腔狐疑，不知道他的葫芦里还会卖出什么膏药来？我示意大家安静，给了廖鉴一个"请"的眼神。"老师，"他说，"假如，一朵花蕾代表一个祝福，我将送您一片花的海洋！"说完，他向我深深地鞠了一躬。片刻，教室里再次出现呆愣的局面，瞬间，又再次起了轰响，不过这次不再是哄笑，而是一阵雷鸣般的掌声。

我笑了，为我的学生造出了这样一个绝妙佳句而倍感欣慰，它不仅代表着我们师生对知识的理解和掌握能力，更重要的是它再次印证了胡佛的宽容原则是做人的智慧。而对于教育者来说，这一点尤其重要，因为，我们面对的是思想、性格、心智都尚未成熟的青少年，如何引导他们从阴暗走向光明，从狭促走向坦荡，从失落走向回归，是我们不可推卸的责任。

所以，假如，一个眼神代表一种宽容，那就让我们长久地注视那些需要关爱的对象吧；假如，一个动作代表一种抚慰，那就让我们伸出双手，不要吝啬那份慈爱；假如，一丝微笑代表一种理解，那就让我们永远把春天留在脸上，把温暖送给他人！

2006年3月21日于仙海

对于一个陌生女人的牵念

这份牵念，缘于 QQ 上一位素昧平生的女子，很浅很淡，却总是在目光触及那暗灰色的头像时想起。

记得当时她的到来很突兀，加我为好友时便冒出一句："你是老师？"

网络上的社交，同性相吸的现象是少见的。我很稀奇她的搭讪，便点开了她的个人资料：50 岁，北京东城。"一个中老年妇女，能有什么话题呢？"我想。可是点开她的相册，我却有些不相信自己的眼睛，这个标榜 50 岁的女人，实际看来却只有 30 来岁，皮肤白皙，身材窈窕，明媚艳丽而风情十足。看来是个有故事的人了。我突然来了兴致，一改对陌生访客的漠然态度，与她开始了对话：

你好！

你好，你是教师？

怎么了，有什么问题吗？

也没什么，我就奇怪学生们为什么总是半夜上网，原来都是老师给教的！

……（我一时语塞。）

悲哀！（她又给了一个重重的语气。）

我丈二和尚摸不着头脑，虽然被一个陌生人不明不白地抢白了一回，但还是耐着性子友善地与这位不速之客说着话：

美女，我觉得你有来头哈，咱俩素不相识，为何一来就兴师问罪啊？

我满怀期待地看着对话框，希望能从屏幕上蹦出来的文字中捕捉到关于这个女人的一些相关信息，等了片刻，上面终于又跳出了一行字：

哪有什么来头！对不起，我在输液，我要休息了。

此后，无论我如何眼巴巴地守候，对话框里始终是一片死寂，奇怪的女人！

我和这个女人的交情，确切地说，也就是这个夜晚的这么一"面"之缘。此后我们再也没有过面对面的现场语言交流。然而就在这个夜晚之后，我却放不下这个贸然来访的神秘客人，直觉告诉我她应该不是那种纯粹无聊之人。我开始进她的 QQ 空间，留心她的帖子，甚至时时关注着她不断更新的"说说"。逐渐我发现了一点蛛丝马迹：这是一个在病中情绪低落的女子，身体的不适让她心烦意乱，不仅如此，她似乎还为情所困，许多的字迹里，流露出对某一个男子的关注，有牵挂，也有哀怨。

我渐渐有些明白她无厘头的做法了，一个女人，在身心都极度疲惫虚弱而又缺少呵护的时候，她的神思是飘忽的，言不由衷迁怒于人的话，自然是想到哪说到哪了。明白了这一点，我终在心里原谅了她对我的无礼。只是，我无法确切地弄清楚在她身上究竟发生了什么，她的"说说"随时在更新，每更新一次都让人揪心和心惊肉跳，记得最后几次的内容大概是"出血了""痛""不想说话"之类，我很想和她说说话，希望能减轻她哪怕丝毫的忧郁伤痛，但每次的主动示好换来的要么是沉默，要么是一个发呆的表情，我只有默默地看着她，内心深处隐隐担忧着，总觉得有那么个时候，她会在我的视野中逐渐走远乃至最终消失。

我的预感最终还是灵验了，这个和我相识不过半个月，交流不过三四句话的女子，在她的"个性签名"里做了最后更新，留下最后一句话后便彻底消失了。其实我们交情甚浅，我大可不必对她念念不忘。然而，每当目光触及她暗灰色的头像，触及她头像下边那行灰色的文字时，我的心就会不由提紧了些。我总在想，那个美丽妖媚的女子，究竟经历了她哪些？此时的她怎么样了，她不会有什么事吧？

我的目光不禁再次扫过她最后一次定格下来的那行个性签名，上面的内容是这样的：

亲爱的，再见了。如果看到，就听听《不要害怕》。

但愿她只是和我，一个尚未谋过面的陌生朋友说"再见"而已，也希望有那么一天能"再见"到她，那就是当一打开电脑，便能看到她黯淡沉寂了多年的头像奇迹般地恢复色彩，跳动闪烁。

2011年12月1日于仙海

收废品的谢大爷

和孩子们一起阅读杨绛女士的作品《老王》时，脑海里总会浮现出一个收废品的老头儿形象来：六十岁上下，矮小个头，头发花白，秃顶，随时套着一件红底黑格、不伦不类的小商贩女式罩衣。老头儿总是低眉顺眼，伛偻着脊背，拉着一个破旧的货三轮，三轮里随时放着几个破旧蛇皮口袋，要么空空瘪瘪，要么鼓鼓囊囊。他经常在我们的校园进进出出，来来去去，如此反复，逐渐走成了一道别样的校园风景。

老头儿姓谢，没人知道他的全名，由于他经常到学校各办公室收取废旧书报纸张，与大家业务往来频繁，我们便习惯性地在手机联系人一栏输入了"废品谢大爷"的字样，之所以要加上"废品"二字，一是明确了他的职业，便利好记，二也是为了把他和其他的"大爷"区分开来。

我们学校规模较大，一到节假日，尤其是毕业季，废旧书报堆积成山，由此吸引了不少废品收购者，但大家唯一熟络些，能

窗前有棵银杏树
CHUANGQIANYOUKEYINXINGSHU

叫得上称呼的恐怕只有谢大爷,大爷之所以能给大家留下点印象,一是他为人特别的谦卑,二是不贪小便宜。我们试过几次,废旧书报如果卖给其他小贩,他们会有意压低价格,而且在过称时会故意缺斤短两,但如果让谢大爷来收购,总是不会低于市场价的,他也不会在称重时乱动手脚。所以单位偌大的QQ群和微信群里,总会时时有人呼叫:大神们,跪求废品谢大爷电话!

我和谢大爷有过几次接触,虽然不算深交,但他留给我的印象极好。一次是他来我们办公室收废品,我的废旧书报以及学生用过的废旧作业本如小山般堆积在墙角,由于急急地要赶去上课,于是就吩咐他自己装袋,报酬随意表示点放在办公桌上就好。结果上完课回来,东西还原封不动地摆放在那儿,而他则老老实实地在门外等我,粗黑开裂长满老茧的手,一只攥着一个空吊吊的蛇皮口袋,另一只则夹着根粗劣的烟卷,烟头正一明一暗地冒着缕缕青烟。我诧异地问他:"怎么?你没装袋啊?""你没在跟前,不好动你的东西。"他赔笑着赶紧回答,好像怕怠慢了我似的。"怎么那么客气啊?快装吧,没事!"我示意他赶紧装,他这才开始动手。装的过程中,我看他把一些半成新的书本挑拣了出来,正要问他干什么,他却先开口了:"老师,这些书还新着呢,你看看还有用没?卖了怪可惜啊!""没用了,你装吧!"待我一一确认后,老大爷又才安心地把它们放了回去。哎,大爷真是个啰唆客!

还有一次,我去学校上班,在工商银行附近过斑马线等红绿灯的时候,看见谢大爷正蹬着他的废品三轮费力地转弯行驶,由于距离很近,我便大声地招呼了他一声:"谢大爷,又去收废品啦!"由于正专注行驶,再者估计他压根没料到路上会有人主动和他打招呼，大爷身子明显抖动了一下，连忙停下来歪着头寻找声源，东张西望好一阵，终于发现了是我，受宠若惊似地朝我憨憨一笑，连声答道："是的呢，老师，你也去上班吗？"正说话间，车道绿灯亮了，"嘟嘟嘟"，他身后的其他车辆喇叭不耐烦地催促起来，我看谢大爷似乎还想跟我呱嗒几句，连忙朝他挥挥手，示意他赶紧走人。结果，我发现，逐渐远去的他却在频频回头，满脸写着的都是歉意二字。他是觉得受到了莫大的尊敬，却又对我回敬不够了吧！应该是的，我想。

暑假的一天，我租住的学校公寓到期，准备搬到校外财政局的租房里。学生们都放假了，没有一个帮手，我突然想到曾经找火三轮拉过东西，便想起了谢大爷。我暗想，如此短的路程，以前找别人是二十块钱运费，今儿是谢大爷，就给他三十吧。想好了，我便给他打电话，大爷很爽快，五分钟后便蹬着他的三轮赶到了学校。以前我发现他的三轮里堆满了破旧的杂物和蛇皮口袋，今儿个一看，里边收拾得干干净净，底部还垫了一张半新的毡子。嘿，这大爷，还真是个有心人。开始搬运了，尽管东西不多，还是跑了两三趟，大爷额头浸出了细密的汗珠，我摸出预先准备好的三十元准备给他，他一看，矮小的身子受了惊吓似的一下子跳了开去，连连挥臂拒绝："老师，你这是干啥哦？告诉你，我给学校好多老师送过东西，从来没收过任何人的钱，你们那么照顾我的生意，我还收你们的报酬，那还叫人么，你说是不？"他的眼睛瞪得老大，眼神里透露出如儿童般的较真和清亮。看他如此认真决绝，便知道今天这钱是无论如何给不出去了。但为了不违背自己的心意，我对他说："那好吧，大爷，以后废旧书报都给你留着，欢迎你以后随时来我们办公室收废品！"——我已经暗暗打定主意，以后只要是谢大爷来我们办公室收废品，绝不收他的报酬。

可是后来我的"阴谋"并未得逞，这期间大爷又来我们办公室收过两次废品。第一次，东西装完了，他却并不打算拍拍屁股走人，死活要塞给我们相应的酬金，我们不要，他就嚷嚷着要把东西还给我们，我被他缠得没有办法，只好象征性地收下了部分，他这才作罢。第二次，看他快要装袋完毕，我干脆悄悄躲开了，结果待他走后回来一看，酬金一分不少地摆在我的桌上。哎，真是个较真的老爷子。

如今距离暑假已经过去了几个月，好久没看见谢大爷了，一学期又将画上句号，谢大爷又该来了吧！

2016年12月6日晚于财政局寓所

一百元

傍晚回家，经过芙蓉桥。

远远地，听到桥面中央有人在呜呜悲哭。

走近一看，原来是一乡下大爷，60岁左右，着深蓝色衣帽，背一深色背包，蹲在地上背对着来往人流边放悲声边抹眼泪。

不会是骗子吧？心想。于是疑疑惑惑地边观察边从他身边犹豫着走过去了，然而没走几步远，脚步到底被那佝偻的背影和悲切的呜咽声给牵扯了回去，同时被牵扯回去的，还有两三个如我一样的路人。

大家纷纷围上去，关切地问出了什么事。大爷却不回答，只是哭，一边哭一边在原地兜兜转转。我们看他手上拿着东西，便凑上去看，是个黑色旧钱夹，里面什么也没有，除了一本智障残疾人证。再问，大爷终于有了应答，说是丢钱了。问丢了多少，大爷说八百。问是哪里人，要去哪里？大爷说是剑阁，要回家，但是钱被偷了。说到这里，大爷边哭边自顾往前走，对旁人的关

窗前有棵银杏树
CHUANGQIANYOUKEYINXINGSHU

注询问似乎无暇顾及。大家也不知道他要去哪里，于是人群里就有人同情地说："钱丢了去找警察呀！"也有人说："哎，想帮他一把吧，可惜没带现金。"还有人说："可怜啊，这么大年纪，咋回去哦！"

我看了看围观者，也就那么三四个人，似乎真帮不上忙。再看看那大爷，自始至终，除了哭，除了来回团团转转地走，并没有一点点向大家求助讨要的意思。

好吧，看来，只有我能帮他一下了。我摸出钱包，抽出一张一百元的人民币递给他说："大爷，您看这些够买票回去吗？""够了够了，好人啊！"看到钞票，大爷顿了下，没有抬头，嘴里嘟哝着谢意。他双手接过钞票，向我鞠了两躬后，就转身走了。旁边有人在说："好人有好报啊！"我笑着看了看他们，心里甜蜜蜜的。待再回头时，人群里，已经看不到大爷的身影。

似乎有哪里不对劲，但又说不出哪里不对劲。

也罢，一百元而已。万一，那哭声和智障残疾证是真的呢！

只是希望，人们的善意能够不被辜负，如此这世间，才能长久地温柔下去。

2020年10月23日于金城

补记：几天之后，在朋友圈说起此事，侄女直接一拍脑门说道："小姨，你和我一样，上当受骗了！我敢打赌，咱俩遇到的是同一个坏老头，背包蓝衣服、剑阁残疾证，丢钱呜呜哭，唯一不同的是你在芙蓉桥遇到他，我在东方红大桥遇到他。"

看来我们的善意还是被辜负了！侄女的冷幽默没能把我逗笑，

我只觉得内心五味杂陈，有些懊恼，也有些沮丧，一时不知道说什么。好在圈里跟评的文字始终是有些温度的，让寒凉的心逐渐有些回暖：

"没关系，好人会有好报。

"行善不求果，坏人必遭唾。

"亲，即使被辜负，我们还是要坚持善良下去，相信这个这世界因好人而长存，因好人而美丽。"

小区来了个新保安

小区正大门的岗亭里半年前新添了个保安，新保安约莫四十来岁，个儿不高，浅平头，眯缝眼，一笑一脸的褶子堆积在一起，看起来有点憨豆先生的滑稽感。此人个子不高，身板却还敦实，不过横竖给人一种不禁捶打的感觉，看到的第一眼就让人心生疑惑：物业什么眼光，这样的人也适合当保安？

起初并没太在意他，我们小区规模较大，前庭中院后门加车道好几个门岗，保安多且经常换岗执勤，所以今天谁值班明天谁站岗基本没有印象。大家进进出出，对穿着同样制服做着同一动作的执勤人员熟视无睹，唯独对他，到岗短短几天后，好像没有几个不认识。

记得他执勤的第一天，我去上班，经过大门岗亭时，我习惯性地拿出门禁卡正准备刷卡，突然"啪"的一声，新保安一个标准的立正动作扑面而来，冷不丁地吓了我一跳。接下来便是一张堆满了褶子的笑脸凑了上来："你好，去上班啊！"话音没落，只见这边一只手顺带把铁门拉开，那边一只手便恭恭敬敬来了个请的姿势，整套动作无缝衔接行云流水，规格高得像是迎接一个女王。我愣了一下，一时不知道怎么办才好。看着眼前晃动着的谄媚般的笑脸和堆满了细纹的眯缝眼，我心里只觉好笑：这年头了，谁还来这虚头巴脑的招式啊，简直就没个正形。就在我闷声不响快步离去的时候，他的声音又从后边追了上来："祝你上班愉快！"

　　下午下班进小区，老远，又看见他在殷勤地给进进出出的人开门关门打招呼，可能是站立太久了的缘故，他看上去有些体力不支，动作没有早上那样敏捷利落了，但与人打招呼仍然劲头十足，遇到退休买菜或接送孙儿孙女的老头老太太，他居然还和别人聊上了。这人完全是个自来熟嘛，哪有一点点保安威严持重的样子？我心里不觉又对他看轻了点，以至于进大门时，故意对他殷勤的迎候视而不见充耳不闻，只给他留下了一个拂袖远去的傲然的背影。

　　日子一天天过去，进进出出之间，时间一晃过去了两个月，两个月来，小区生活没什么大变化，倒是小区几个出入口，正大门成了一个最热闹最有生气的地方。

　　开始不知道什么原因，以为是岗亭旁边设了快递柜的缘故，后来才发现，人们取了快递并没有逗留太久，大部分人取了东西就径自回家了。倒是大门右侧快递柜旁边的石凳石桌边，以及左侧的石墩石柱上比往常多落座了些人。这些人大多是退休赋闲的老头老太太，要么是聚在一起玩扑克牌的，要么是遛狗遛孙儿的，大伙儿除了按平常喜好聚在一起消磨时间，也有相当一部分人专门来找新保安扯闲条，从买菜做饭聊到吃饭穿衣，从吃饭穿衣聊到天气时事。新保安呢，只要愿意和他说话的，凡大人小孩，来者不拒，嘘寒问暖插科打诨逗笑取乐，时常把大家伙逗得哈哈大笑，甚至有时小宠物狗打他身边经过，他也能蹲下来逗上几句，惹得小狗直在他身边打旋旋。看得出来，这家伙其实挺有人缘，人们挺乐意和他聊天唠嗑，难怪大门口相较以往热闹了许多。

也就是从这个时候起，我对这个逢人就搭讪无事就爱献殷勤的"话笆笼"的态度逐渐发生了变化，出入大门他再朝我打招呼的时候我会报以微微一笑，但仍然不会主动和他搭话。

主动和他搭话是在又过了两三个月之后。那天我去门口取包裹，因为是个大件，快递柜无法存放，快递小哥便把它寄存在门卫岗亭里，去取件时，恰逢新保安值班。"你好，我来取包裹。"我以为他又会嬉皮笑脸地套近乎，便率先摆出了一副漠然面孔。"好的，请报上你的名字和电话号码。"让我稍感意外的是，新保安这回是一脸正色公事公办地问到。"姓蒲，电话尾号4089"，我一字一句地报上姓名和电话号码。"行，请稍等"，只见他头一仰眼珠微微一翻像是在盘算什么，然后转身很快在岗亭右侧角落的一堆快递包裹里翻出一个沉甸甸的大纸箱来，"请再报一下你的姓名、电话号码和楼栋号，我得确认一下"，他再次与我确认信息，手里抱着的纸箱却迟迟不肯递给我。怎么这么啰里啰唆对人不信任！我心里略略有些不快，但还是把相关信息重复了一次。"信息完全准确，你可以取走啦！"像按了回放键似的，他突然恢复成以往活泼的样子，腾出一只手比画了一个孔雀头，然后很放松似的笑了，脸上的褶子重新堆放在一起，像一组跳跃的五线谱。说话的同时，包裹已递到我面前，可包裹太沉，我没接稳，一下子滑到了脚下。"这么重的东西看样子你一个人弄不走，我这里有个手推滑轮车，干脆我给你装上，用完再给我还回来就是了！"新保安又变回以前热心殷勤的样子，为我拿出了他的小推车，并把包裹放在了推车上。看着眼前躬身忙碌搬放东西的矮小身影，我突然觉得有些愧对这个新保安，推上小推车走了几步之后我终于忍不住回头问道："谢谢你，请问你贵姓？"

"我姓阳。"远远地，我听他大声回应道。

这就是阳保安，一个在咱小区里站岗不过半年，却已经是小区红人的小保安，关于他的故事还在继续。

2021年4月13日于金城

秋日走剑门

那是一个弥漫着嗖嗖凉意的秋日，举目四望，偶有几片黄叶点缀着发白的地面，灰白的天空中，分布着层层鳞羽样的轻薄云片，似淡墨泼过，深深浅浅的，让人感到既切近，又高远。

应几位朋友之约，我们结伴而行到梓潼七曲山大庙去游览。司机朋友是一位不善言谈的中年男子，黝黑而宽阔的脸盘上，沟壑似的皱纹历数着人世的沧桑，稳健的双手操纵着白色丰田的方向盘，目光永远忠贞无二地凝视着前方，任凭车内欢声笑语，你绝难捕捉到他的分心，这让我从心底漫上一种踏实感：这是一个好司机。

从驻地到大庙是无须费多少周折的，个把小时，我们的车便驶入了景区。这是一个规模不大的景点，但在川内却颇负盛名，它"东依梓林，西枕潼水"，素有"蜀道南大门"之称，由23座不同时期的建筑群构成，据说是中国唯一的本土宗教道教中的文神——文昌帝君的祖庙。大庙依山造势，处处红墙绿瓦，殿阁林立，尤为壮观，与故柏、古道、九曲潼水相互辉映，成为众人游览观赏的景点。

由于天气略显阴晦，景点内游人寥寥，甚是冷清，我和友人们蜻蜓点水似的兜了一圈，观赏了这里的参天林木和感受了拾级而登的情趣后，便觉再无可览之景，于是有朋友提议道："要不咱上川陕路逛会儿？"我们其余人欣然赞同。

车子又缓缓前行，我们的路线呈曲线开始蜿蜒上升，眼前的景象也逐渐幽静深邃起来。这是一条自然天成的林荫道，盆口粗的古柏随处可见，它们并立道路两旁，虬枝交错，绿荫如盖，一路弯腰曲身拥抱着过往来客，全然没有公园里那些"小家碧玉"的柔美与婀娜，有的只是浑然一体的粗犷与朴素，像男人的臂弯，粗壮而温暖，刚健而有力。驶进这风平浪静，人迹罕至的港湾，耳畔少了世外的喧嚣，有的只是不太真切的，似有似无的天籁声声。朋友说："这就是著名的蜀道'翠云廊'。"

我们的车辙就这样在翠云廊里不断向前延伸。司机朋友默默地履行着他的职责，眼睛始终盯着前方。有人玩笑着问他：你准备把我们载向哪里呢？""陕西，把大家伙卖了。"不动声色的他回敬了我们一个玩笑。大家都笑了，看似忠厚愚钝的人，也有他的可爱之处，那就是于"大愚"之中迸发出来的点滴幽默。

之后，我们一行人便前往下一站剑门关了，这个建议是司机朋友提出的。

白色汽车渐渐驶入景区，置身在这个集三国文化、蜀道文化、关隘文化、红色文化为一体的经典景区，眺望着融雄、险、奇、幽于一身的天下雄关，我们有一种时空流转的错觉。栖身于刀削斧砍的绝壁之下，仰望盘旋于高空之上的鹰隼，我们再次感到了岁月的流逝和芸芸众生的渺小。那齐整整的高耸入云的褐色岩层，是谁的杰作呢？还有那巍峨的城门，矗立的关楼，那青色的瓦砾，斑驳的城墙，是谁让它们在这儿屹立千年，最终定格为历史永恒的？伫立隘口，旌旗猎猎，孔明立关、刘备过关、姜维点将等画面在眼前一帧帧闪过，耳畔似传来战马嘶鸣等声音。思维飘忽之际，毛阿敏高亢的歌声似乎从遥远的天际传来，"暗淡了刀光剑影，远去了鼓角铮鸣，眼前飞扬着一个个鲜活的面容，湮没了黄尘古道，荒芜了烽火边城……"

尽管关内劲风飕飕，尽管脚底鞋跟高高，但在游人的感染和朋友们的鼓舞之下，我终于还是下定决心要去体验一下古栈道的险要。一旁是悬崖，一旁是绝壁，长长的古栈道凌空架木，附着在峭壁之上，犹如一条长龙在半空中蜿蜒盘桓。我们小心地攀缘而上，又次第而下，没有人敢三心二意，也没人敢滞留不前，没有前拥后挤，只有扶前携后。如过说千百年前这条栈道铸就的是热血将士们的顽强斗志的话，那么千百年之后，这条栈道折射出的则是现代旅游人内心的友善。一路上，除了友人时时伸出的温暖的援助之手外，印象中不能抹去的，还有一个十二三岁的背水姑娘。小姑娘应该是山里人，黝黑的发辫，褐色的皮肤，一双大眼睛怯生生的，腼腆而真诚。她身背着一个小背篓，里面装满了沉甸甸的食品饮料，一直跟在我们身后默默地登天入地。我们自始至终没听到她的一声吆喝，甚至连一丝喘息都没听到。直到我挥汗如雨驻足不前时，她才悄悄地凑上来，轻柔地问了一声："阿姨，累了吧，喝瓶水吧！"亮晶晶的眼睛里，除了腼腆真诚，还多了一分期待。我们不由得对这个穿着校服的小姑娘萌生了好感，朋友用二十块钱为我买了一瓶饮料，坚决拒绝了小姑娘的找还，算是对她的鼓励。

一望到头的栈道，我们征服它却用了近两个小时。随缆车下山后，我偷偷地检查了一下自己的高跟鞋，还好，鞋跟还没松动，只是左右两边磨损了许多，行走起来不如以前那样平稳罢了。

那又怎样呢？身登青云梯，屐破不足惜。

2005年10月于仙海

仙海，一曲美丽的家园恋歌

我感到很幸运，我是仙海的子民，我生活在美丽的仙海湖畔。

仙海原名沉抗，是我的第二个故乡。

仙海如今和以前相比发生了翻天覆地的变化。昔日的旧镇被迁出拟定的水域，重建在了依山傍水的水库西侧地区。低矮的老街房变成了林立的高楼，泥泞的田间小路变成了干净整洁的街道，最为神奇的是那颗镶嵌在层层山峦中熠熠生辉、光彩夺目的"明珠"，这颗"明珠"便是落成不久的武都引水工程之一的沉抗水库——美丽如画的仙海湖。

说是层层山峦，那是几年前的事。如今这些峰峦已经幻化成湖中的座座小岛。这些小岛各具特色，分别被开发为植物园、野生动物基地以及观光小区等，其中最引人注目的要属猴头岛（又名仙海第一岛）。岛上蒿草满地，林木茂密繁杂，青翠欲滴，许多叫不出名字来的花草也点缀其间，特别是那些黄灿灿的小野菊，他们笑得最为灿烂。蒿草中间还夹杂着几百株两三米高的墨西哥柏树，挺拔翠绿、高大伟岸，像一个个忠实的守护者，分行排列，甚是威严。岛上植物或俯或仰，或倾或斜，似在拥抱亲密，又似在交头接耳，彼此间相映成趣。这些野生或人工种植的植物，把仙海装扮得格外清新。而岛上用来观光的圆顶白色建筑及雕花护栏在碧水绿山的映衬下，好似瑶池月台，远远望去，与仙海码头遥遥相对。

仙海除了是花草树木的摇篮，更是珍奇动物的乐园。这里不仅有蛇岛、鸟岛、鳄鱼岛，还有其他的岛屿。行进在岛上的崎岖小道上，你窸窸窣窣的动作冷不丁就会惊飞树丛里一两只飞鸟。有时身边还会突然快速滑过一条或青或白、或黑或黄的游蛇，让你无形之中惊出一身冷汗，游乐中的刺激感便也陡然而生。如果想要抚慰一下被鸟蛇扰动的心绪，你可以站在湖边向远方眺望。白鹤、黄背伯劳在空中翩翩飞舞，翠鸟在近岸处点水，野鸭在湖面跳跃，鲫鱼、银鱼在清澈的湖水下漫游。

仙海的魅力，还在于和它相关的美丽传说。无论站在哪个岛上，环视湖岸四周，人们的视线必然会被北岸一个山头吸引，那个地方被称作"神仙梁"。之所以取"神仙"二字，一是因为此山头地势较高，登临远望，有"一览众山小"的气势；而是因为梁上有一对傲然挺立的巨树，人们赋予了它们奇特的想象，有说那是沉香和三圣母重逢后的拥抱，也有说那是七仙女和董永汇合后的彼此依偎，还有说那是两个老道士会聚于此长久对弈坐化而成的。关于仙海的美丽传奇是言之不尽的，凡此种种，无不体现了善良的人们对美好事物的憧憬和向往。巨树也因此而落得了一个美名——神仙树。

除神话传说外，仙海的魅力更在于一年四季变化无穷的景致。

　　和风拂柳的时节，仙海湖像一颗镶嵌于绿岛中的翡翠，天空一片素蓝，湖水明净如鉴，林中似乎听得到虫鸟醒来的鸣叫，和花儿绽放、树木拔节的欢呼。而此时最靓丽的要数湖岸旁的桃花林、樱桃园以及枇杷庄之类的果园观赏基地了，那粉红的、洁白的、嫩黄的色调给平时看起来清丽的仙海，平添了几分颜色。

　　太阳越来越热情，当人们躲进空调房的时候，仙海却处处一派清凉。大片的水域，葱茏的林木，含蓄委婉地拒绝了阳光火热的追求。山与水是上帝最有灵气的儿女，不错，正是仙海的林木，巩固了几亿立方水域，也正是这仙海之水，在干旱的夏季浇灌着沃土万顷，滋润着千百万农人的心田。仙海不仅能解决农人的焦渴，也能清凉游人的眼睛。这时候远眺仙海，仙海湖如一枚空灵的凉幽幽的水晶，蓝天、白云、青山都倒映在清澈的湖水中。置身碧水蓝天中，你不再会觉得烦躁难耐，火气四溢，你只会觉得闲适宁静，神清气爽。如此说来，仙海其实更是一个避暑的好去处。

　　渐渐地，暑气退却时，仙海也不知不觉地进入了秋季。秋风起时，水衣被掀起了层层涟漪，推送着飘落于湖面的些许黄叶，好似一位绿衣女郎抖动着金片粼粼的裙裾在款款起舞。而点缀在其中的小岛，此时也披上了黄绿相间的外衣，那些朴素的落叶树和金黄的小野菊此时显出了它们无穷的魅力，它们将小岛打扮成了一个个盛装的英俊小伙，绅士般地伫立在湖水旁，任由女郎从他们身旁轻盈地穿梭往来，形成了一幅和谐的秋之共舞图。

　　仙海的冬天终于来了，说是冬季，却让人有些怀疑。那岛上林木此时越发得浓郁深沉，那湖面越发明净湛蓝，那天空越发显得空旷高远。冬天的仙海，比任何时候都庄重典雅，宁静贤淑，一切生命都熟睡于她的怀里。没有了春日里的鸟语花香，没有了夏日里的喧嚣火热，也没有了秋日里的成熟雍容，仙海以一个母亲的心境，温柔地在心中哼唱着摇篮曲，用她恬静的目光抚慰着怀里的一山一石，一草一木。她轻轻地呼吐着朝雾和暮霭，湿润着她儿女们的眼睑，而自己却承受着那份寂寞，品味着那份孤独。

"养在深闺人未识，一朝名闻天下惊"，当仙海还是一个名不见经传的落后小镇时，谁能想到它会有今日的辉煌呢？当仙海湖如出水芙蓉般靓丽地展现在世人面前时，谁又能想到这其中凝聚着仙海人多少的智慧和心血呢？

亲爱的朋友们，让我们相约于仙海吧。相约在粼粼荡漾的碧波里；相约于星罗棋布的绿岛上；相约在一碧如洗的晴空里；相约于美轮美奂的游轮中。在这里，你可在环库公路上骑游时听疾风吟唱，也可在亲水湾里戏水时与游鱼逗乐，你可以在湖面上滑翔时与飞鸟耳语，也可以在快艇飞驰时看白浪翻腾……

天长地久有时尽，此情绵绵无绝期，要如何才能表达我对你无尽的爱恋啊！仙海，我的第二故乡，且让我为你吟唱一曲美丽的家园恋歌。

2005年5月

蝶儿漫天飞

一个深秋的午后，太阳暖暖的照着，温和而明媚。挪一把藤椅半卧于阳台之上，我一边惬意地享受着阳光的抚摸，一边眯缝着眼睛欣赏对面不远处树林子的景色。

远远看去，那里有一件老舍《济南的冬天》里谈到的"黄绿相间的花衣"，只是这件"花衣"并不轻薄和透明，相反倒给人一种厚实而蓬松的感觉。这是一片枝繁叶茂的林子，植被被保护得完好无损，叫你休想看到一点真实的"山的肌肤"。不过，这并不影响它带给人以美感。丝丝微风掠过之后，眼前便出现了一片奇异的景象：不只什么时候飞来了一群群蝴蝶，或淡黄或深褐。清风起时，这些蝶儿便开始在林中翩翩舞蹈起来，远远望去，它们一个追随着一个，或上扬或下舞，旋转翻飞，调皮嬉戏，它们的双翅在阳光的照耀下像鱼鳞一样反射着太阳的光芒，熠熠生辉，是那样的灵动和瑰丽，让你的心你的眼禁不住想要定格眼前的画面，以便于把他们看个究竟。

　　看着看着，景况开始发生变化，那些可爱的小精灵在团团旋转翻飞一阵之后，并没有飘然消失在远方或林子深处，而是纷纷扑向了大地的怀抱，优雅地着地之后，它们似乎找到了安歇的家园，从此就静静地憩息下来，你再也寻找不到它们飞旋回升舞动的痕迹了，倒是后边的追随者一群又一群，从天而降，旋转，飞舞，降落，周而复始，乐此不疲，让人不知道它们何时会停止。

　　仔细观察了好一阵子，我才终于发现了一些端倪。这群可爱小精灵，原来并非那美丽的蝴蝶，而是那林子里枝头上片片枯黄的叶儿！我不知道，落叶的生命也可以如此辉煌而美丽，他们居然能上演如此的动人心魄，给人以极强震撼力的生命情节。看来，落叶并不是衰亡的代名词，它并非意味着气数已尽，"无可奈何花落去"只是少数落寞失意之人的感伤与哀叹，而真正热爱生活的人，却善于捕捉"落红"逝去的那一瞬间的美丽，以及逝去背后"春泥护花"的意义。

　　让我们做一个乐观的人吧！即便是西风瑟瑟，即便是秋雨绵绵，我们也不必为在秋风秋雨中翻飞的落叶感到悲哀，相反，我们应该替它们感到欣慰。落叶看似命运不济，经历却是一个完美的人生，它们走过了四季，历经了冬的孕育，春的诞生，夏的繁荣，秋的回归。落叶的永恒，就在于从容归根，孕育新的希望。让我们为这壮丽的生命轮回献上最真挚的祝福！

2006年10月22日于仙海

禹里记忆

那日翻看学生的《四川历史》课本时，无意间翻到一页插图，是关于大禹的。那是一尊塑像，位于北川禹里，如果在记忆里搜寻一下的话，好像应该是树立在大禹博物馆门前。看着书页里那不甚清晰的画面，想象着在大地震中被夷为平地的北川县城，我想，烟尘散尽之后，11 年前关于北川的记忆怕也从此彻底失去了载体。我不知道，大禹是否还依然坚守在禹里，是否还屹立在那崇山峻岭，青山绿水间岿然不动。

11 年前，大学毕业前夕，系里给了我们一周的时间用于写作实习，我们一行四人，去了北川。当作为领队的同窗告知我们将要进发的目的地是北川时，我欣然应允。对于北川，我在小时候就曾听说过。在我们生活过的那个闭塞的小山村，我们经常在割草放牛之余痴痴地山外傻望，而望得最远的地方便是雨后初晴镶在天边的那高远而幽蓝的山峦。在幼童的世界里，它邈远而神秘，让人充满了敬畏。老一辈人说，那叫"老山"，里边有着丰富的物产，比如核桃、山木耳、老腊肉之类。总之，在儿时的记忆里，老山是一个溢满果肉之香的人间天堂。

记得当客运大巴出了安县，驶进北川境内时，我们感到了来自天地之间的压抑与寒意。巍峨厚重的山峦层层逼近，高直陡峭的峰谷不断闪现，阴冷惨白的云气就如此真切地缭绕在我们鼻翼周围。大巴匀速而谨慎地行驶在大山半腰的边缘地带，我的手心也不由紧张得渗出了细密的汗珠。

为了更真切地感受生活，也为了减轻经济压力，在领队的建议下，我们住进了当地的农家。不知道十一年后的北川发展到了什么程度，反正在九十年代的北川，县城是狭小的，规模如同一个小镇，记得为了买一个小物件，我们跑遍了整个县城，最终还是以失望告终。而北川的乡村，也几乎没什么人家，零零落落，如蒲公英的种子，想方设法地寻找可生存的土壤，稀疏杂乱地分散在乱石嶙峋的山坳里。我们寄居的那户农家，房屋是土木结构的，低矮狭窄，木窗木门嘎吱作响。为了让我们住的尽可能舒适些，女主人还专门为我们准备了两顶蚊帐。住进来的第一天晚上，我们尝到了正宗的北川老腊肉，是用土豆烧的，那略带烟熏的肉香至今想来还残留齿间。整个晚餐桌上，几乎没有见到青色蔬菜——那里的大米蔬菜很金贵，唯土豆和玉米是主食。山里人靠山吃山，他们背着这些口粮，翻山越岭到集镇或县城去换大米，以便招待像我们这样远道而来的客人，间或也改善改善生活。

在去过擂鼓、曲山、自城等小镇后，我们的最后一站是禹里，那是大山深处最偏远的一个小乡。怀着对治水英雄的崇高敬意，我们决定徒步大禹故里。依稀记得去时的山路大概60多里，蜿蜒曲折、幽深寂静、人迹罕至。一路上落叶枯木交错，青苔密布，

窗前有棵银杏树
CHUANGQIANYOUKEYINXINGSHU

尽显清冷之态。与前边到过的地方有所不同，禹里的高山林木森立、古木参天、涧水淙淙、溪流潺潺，清幽雅静得让人如置身世外桃源一般。

除了亲近幽林溪谷，我们还有一个重要任务是参观大禹博物馆。接待我们的是馆里的老馆长，朴素而热情的他带我们四处观看，热情地为我们讲解。临别时，老馆长还特意送了我们每人一本小册子，希望我们出山后多替他们宣传宣传。尽管去了大禹博物馆，我却始终没搞清楚这个如世外桃源的地方因何被称为禹里，不知道是因为大禹曾在这里停留过，还是因为这是大禹家乡。时间的流逝让我忘了在馆内流连时所了解的一切，唯一清晰的画面是我们一行四人与当年的馆长在馆门前的留影，而大禹的塑像静静地伫立一旁，见证着我们与禹里人的深情厚谊。如今11个年头过去了，当年五十多岁的老馆长，在经过地动山摇的灾难之后，是否还安然无恙？

真想在碌碌奔忙间，寻一个空闲，约上从前的伙伴，背上行囊，循着蜿蜒深山，沿着大禹塑像的指示，回到那魂牵梦绕的世外桃源。

2008年8月31日凌晨于富乐

游览九寨沟

身边最亲近的某人曾说，你有一颗不安分的心。从打小对陌生山水世界的向往而言，我觉得他所言极是。我体质羸弱，却偏偏喜欢游山玩水，尽管力不从心，心却总是在路上。

6月中考结束，学生刚一离校，尽管暑期还未正式启动，我便打起了仅有的闲暇日子的主意。掐指一算，三四天的时间正适合去九寨沟，便急急地吆三喝四，企图拉一二玩伴同行，以解途中寂寞。然众人皆忙我独闲，吆了好一阵子，网上却应声寥寥。正当我落寞的时候，弟媳突然打来了电话，我们便一拍即合计划出游。于是在6月28日，我带着女儿和弟弟一家，一行七人开始了为期三天的九寨沟之旅。

关于去时和归来途中的记忆有些模糊，稍有印象的是在平武报恩寺的停留，以及通往"天堂"的"十二道拐"的旅途，再者便是在松潘境内一个驿站的短暂憩息。我想我应该是属于肤浅的那类旅游者，与一大群人，跟随着手拿彩旗摇旗呐喊的导游，紧赶慢赶，一个景点一个景点地走马观花，蜻蜓点水，唯恐掉队被队友埋怨被导游数落，结果收纳眼底充耳入内的精髓只是星星点点。例如，我记住了一尊千手观音的来历，却没注意观音的名字导游的话去查找碑文记载中的错别字，却没注意景点标识"报恩寺"三个大字被放置在何处。报恩寺就这样从我眼前一晃而过，我对它的综合记忆只是：地处平武，非寺庙而系宫殿。

至于"十二道拐"，便是名副其实的险要了。山道初始，抬头仰望，头上峭壁栈道盘旋，若隐若现，升向天际。我不由感叹古人真有胆识，这样的天梯也能开辟出来，殊不知随着车辆不断向上攀行，回首俯瞰之时，那栈道竟在我们脚下了，原来，我们的车队正行驶在所谓的"古栈道"上。这里云气盘旋缭绕，一边峭壁，一边悬崖，我在拳头紧攥的同时，心里暗暗佩服开车师傅手法的娴熟。

我们中间停留的驿站正好是一个采购点，这里无须导游导购，讨价还价相对自由。我以25元钱的价格给小女儿买下了喊价50元的一对装饰项链和手链，孩子欢天喜地。

九寨沟，此前我们是未曾谋过面的，但她于我们而言却并不陌生。电视媒体，网络报刊对她的宣传并不鲜见，那色彩明丽，灿若仙子的山山水水，原先我总以为这不过是摄制组们剪辑润色的功劳，真真实实的自然境界中，哪有这神话般的仙境？然而我终究对自己的自以为是汗颜了，去过之后，我不得不在心中默认：九寨归来不看水。

刚一进入沟谷，映入眼帘是一片绿茵。那深深浅浅的绿茵中，仔细一看，镶嵌了一颗颗蓝得璀璨的宝石。我想，那一颗颗宝石应该是下游积蓄起来的一汪汪潭水，幽幽如小姑娘的眸子，明澈而深邃。久居都市的游客哪见过这种阵势，纷纷架起相机，摆起POSE照相留念起来。

再往里走，胜景层出不穷，我拙劣的文字无法将九寨一百四十多个海子一一描绘出来，只能无法免俗地惊讶于成片的芦苇在观光车旁一晃而过，依稀可见密密匝匝黄黄绿绿的根叶下的水流形成了一根蓝色玉带，影影绰绰、时隐时现。若不是在车上，我一定会以为自己来到白洋淀，要不就是走进了《诗经》，只是蒹葭正苍苍，却不知伊人在何方。

然让众人驻足难移流连忘返的并不是芦苇海，而是接下来顺次逆流而上的老虎海、五彩池和长海。我不知道人们为什么要用"老虎"二字来命名老虎海，洋洋的一片水面，那样幽蓝深澈，她依山而卧，明眸善睐，温柔的眼波里倒映着各种景物，宁静而贤淑，宛若一处子，让人无论如何也无法把它和老虎的凶悍气势联系起来。倒是那五彩池和长海取名还有些贴切，如果不是来过五彩池，我竟不知世间还有这样色泽的水，那蓝莹莹绿幽幽的模样，如缎面，如琼浆，那厚重的质地，仿佛集了整个九寨沟之水的精华于一体。只是如果游客细心一点的话一定会注意到那逐渐干涸裸露的池岩，我不知道大家有没有为这美丽精灵的未来而担忧？接下来的长海则让我领略到了一种九五之尊的气势，他占领着九寨沟的高地，水面尤为浩瀚，三面环绕着巍峨的群山，如龙椅圈护。一颗特立独行的松柏矗立在他的门户之前，有如一个坚毅的贴身侍卫在持盾告诫来访者："不可冒犯，到此为止！"

其实我不是一个很会亲近自然的人，出游时大部分时候都没有仔细观赏景点，回程途中耳闻一母亲问她女儿九寨沟"五绝"是哪五绝，我才发现自己已然不记得了。游览途中，我是见过瀑布的，树正瀑布溅起的调皮水花曾亲吻了我的衣衫，虽因脚伤未能一览珍珠瀑的真容，归程途中却有幸抓拍了诺日朗瀑布的凌空而下。九寨沟的水，怎能少了灵动的瀑布？

回顾游览的经历，我久久难以忘怀，我还把心和记忆都留在了九寨沟。

2013年7月于金城

赴约黄果树

当实实在在的生活形成文字的那一刻，它便成了记忆中珍贵的宝藏。今天我要说的故事关于贵阳，关于千户苗寨，关于黄果树瀑布。

一路向黔

我是个胆小鬼，从不敢一个人出远门，遇到寒暑假需要出游的话，必得老公陪我一道出去。眼看今年暑期过半，老公还在忙他的工作，偶尔提及一下出门的事，却总是定不下时间和去处，一会儿说去桂林山水，一会儿说青海湖，一会儿说去阿坝，就在我等得快要绝望的时候，他终于给了我个准信：去贵州。老公选择去贵州的原因有三：一是因为那里是他的工作驻地，他熟门熟路，开车方便；二是因为那里有很多著名景点，如遵义会址、千户苗寨、黄果树瀑布等；第三，也是最关键的，那里气候宜人，即使酷暑季节，温度也不过十几二十度。贵州就贵州吧，我在家里快待疯了，只要能出门换口气，哪里都可以，何况那里的气候那么舒适，去避避暑也不错。

遇雨苗寨

带上女儿和姐姐萍老大，我们驱车出川驶向贵州，落脚点就在省城贵阳。这里气候果然凉爽，傍晚时分，街头凉风习习，行人衣袂飘飘，我们心中有着说不出的惬意。晚上憩息于酒店里，感受着高原地区凉爽的夏夜，我们心中不由得对翌日的苗寨之行有了无限憧憬。只是天有不测风云，我们谁也没有想到，第二日苗寨竟下起了瓢泼大雨，弄得大家苦不堪言。

出游苗寨的头晚，导游便电话提醒，山里苗寨气温不稳，阴晴不定，须带上雨具和防晒霜。尽管如此，我们还是吃了不少苦头，留下了不少遗憾。记得观光大巴刚出贵阳时天气还不错，但越往苗寨方向前进，天气越阴沉，随着空气中湿度越来越重，雨点终于在快要到达苗寨时纷至沓来，开始时淅淅沥沥，滴滴答答，等到目的地下车时，才发现雨滴们已经团结起来，手拉手扯起了一道一眼望不到边的雨帘。我们撑开雨伞，勉强能看到的是人们脚下和伞顶密密射下的雨箭和四处蒸腾弥漫的雨雾。大雨把人群逼到了景点入口处的廊道，只有些许兴致高昂不怕雨的游客还在场地中间逗留拍照，看着他们我想，走出居室，无视风雨，彻彻底底地融入自然，这才叫真正的游人吧！再回顾一下我们一行四人的遭遇，那才叫狼狈不堪。按照导游的说法，景区的节目展演因为大雨被取消，我们余下的行程主要是参观苗寨博物馆和登临苗家观景台。由于有返程时间限制，我们不得不在大雨中奔跑。姐姐是个购物狂，因行程变化不仅没有购成物，鞋子反倒在湿滑的苗家街巷中掉了又穿，穿了又掉，反复如此，姐姐的脸色比天气还阴沉。女儿的手机在如厕时掉进了便道中，出来时伤心得脸上已是泪雨涟涟，她们俩的神情如此准确地契合了苗家天气。我欲笑不敢，还得把脚后跟磨破皮的疼痛偷偷咽进肚子里。倒是老公，没事人一样，一路无什么怨词，默默地跟进跟出，直到最后，我才发现，他已经被雨水完全打湿了。这样一路匆匆赶趟下来，苗寨几乎没给我们留下什么深刻印象，除了几座风雨桥和几处吊脚楼进入了我们的照片，再就是午间品尝苗家茶饭时阿姐阿妹们的敬酒歌还有些意思。这些敬酒歌歌声清脆动人，歌词通俗易懂，时不时撞击着人的耳膜：大表哥，来喝酒；二表妹，来敬酒；你喜欢，喝一杯；不喜欢，喝两杯；管你喜欢不喜欢，都要喝……

画里飞瀑

　　遭遇了千户苗寨的瓢泼大雨，姐姐再也没了去黄果树瀑布的心情，女儿因掉了手机也兴致不高，老公一心挂着工作上的事，对于之后的行程也不太积极，他们都想草草逛一下贵阳便准备返程了，但是我却想一睹黄果树瀑布的风采。记得小时候，父亲买回来一张年画贴在墙上，看着画中那奔泻而下瀑布，我凭着小学一二年级学到的知识读出了它的名字：黄果树瀑布。在我幼小的心里，父亲贴在墙上的那些东西名贵无比，它们都是我可望而不可及的，如庐山云雾、黄山迎客松，如齐白石的虾，又如徐悲鸿的马，诸如此类。如今我和它近在咫尺，却要失之交臂了，这叫我如何能肯？我不断做三人的工作，软磨硬泡，最后终于把三人拖进我们自己的车子：自驾去安顺看瀑布。

估计是我一番苦心打动了天公，它很作美，居然没有降雨，不仅没有降雨，它还对游览瀑布的人们微微露出点笑意。我们穿梭在通向瀑布的植物公园里，观赏那些被瀑布冲刷成奇形怪状的石头，还有许多叫不上名字的奇花异草。一直苦着脸的姐姐和女儿也开始和悦起来，她们像蝴蝶一样在公园里倏忽来去，还不停招呼着我给她们"来一张"。

逛完了植物园，下了天梯，便隐约听见轰轰的水声，我知道，画里飞瀑就要飞溅在眼前了。奇怪的是向往了那么多年，但美梦即将成真时，我却心静如水，我想或许是因为我们在画中相识，如今再见如同故人重逢，只有亲切，没有惊喜。那一帘倾泻而下的洁白，比九寨沟的厚重，比武隆的瀑布磅礴，可仰观，可俯视，可远眺。悬崖旁一棵巨树旁逸斜出，浓荫遮蔽，为飞瀑增添了一点犹抱琵琶半遮面的效果。我胡乱猜想，那必定是一棵黄果树无疑了，不然，黄果树瀑布何以得名？人说情由境生，还记得先前在千户苗寨因掉鞋子而甩脸子的姐姐，这会却一脸灿烂，疯狂地寻找不同角度摆 pose 拍靓照，因掉手机哭鼻子的小女这会也跑前跑后地追问我："老妈，考你好几遍了，你必须得说说，黄果瀑布是我国第几大瀑布？它宽多少，高多少？"我被问得一脸茫然，却又不肯暴露自己的无知，要知道，我历来就是一个无心的游者，很多时候，游历只是为了感受一种心情，并非真的要对景点的历史文化一探究竟，就如今日与黄果瀑布的相逢，也只是为了了却很多年前的一场邀约。

最后我终于知道该如何回答小女的问题，答案就印制在景区工作人员给我们拍的照片下方的：黄果树瀑布，世界四大瀑布之一，高 77.8 米，宽 101 米，还附有古言一句"白水如棉，不用弓弹花自散；红霞似锦，何须梭织天生成"。

2014年8月15日于金城

我在泸沽湖

泸沽湖，在我的旅游典藏里，应该位于"彩云之南"。据说湖边的摩梭部落是现代社会里最后一片净土，于是我的臆想中出现了这样一群摩梭女子：她们头织彩带，身着青黑裙衣，长发披腰，脉脉含情。而走婚词典里的"男主角"摩梭阿哥，倘若要趟水路翻花楼，必定个个皮肤黝黑、能说会唱，身手也是异常的矫健敏捷了。在浓绿茂密的草丛掩映下的泸沽湖水，是我想象中最盛大的画面，大片大片的水域，蜿蜒扩展，目光所到之处，无不是浸入心肺的晶蓝、深邃、清凉。我也曾想象过"摩梭族"人的房子，应该不是那么精致，它们应该是由原木敲钉蓬草覆盖而成的，在经年累月的风雨侵蚀后，会处处呈现出一派灰暗粗糙的沧桑格调来。

带着这样的臆想，我向我心中的"女神"走去，随着步伐的迈进，有关泸沽湖的一切人文地理、风物人情也逐渐清晰起来。

我们的导游是一位三十出头的女子，别看她体型娇小，做导游却很尽责。她告诉我们，泸沽湖不是云南的"专利"，它其实地跨两省，三分之一地处云南，三分之二属于四川，而我们此行的出游地界，正是西昌盐源县的泸沽湖段。其二，关于摩梭族的说法，是一种谬误，摩梭部落因人口稀少，没有自己的文字等原因不能被称为一个民族，所以它虽在四川境内却隶属于蒙古族。

听罢导游介绍，我们豁然开朗。在前往泸沽湖的途中，我表现得异常专注，唯恐漏掉途中的零星半点。我对于长达十多公里的"泥巴山隧道"印象深刻，这是我有生以来穿越的最长一个隧道。在无尽头的黑暗中穿行，我的内心震撼而又宁静。我惊诧于在大自然面前如蝼蚁般的人类的力量，在如此宏大巍峨的自然面前，他们似乎无所不能。我醉心于雅西高速段上的干海子大桥，螺旋式上升，层层叠叠，自下而上仰视，如在云端，甚是壮观，而汉源石棉的大渡河段，两岸高山巍峨，河面开阔辽远，河水时而平缓如镜，时而奔流向前，那河流尽头，似乎正在回放"大渡桥横铁索寒"的壮歌。一路上，车窗外的果树上不时闪现着一挂挂的暗红色"小灯笼"，不仅吸引着我们的眼球，也激发了人的唾液分泌。导游说，那便是名声在外的汉源糖心苹果，只是我们现在还没口福，因为它要到九月才会成熟。

西昌的天气着实凉快，不愧为"小春城"，在揭开泸沽湖神秘面纱之前，我们先行游览览了邛海湿地公园。由于得天独厚的水域，邛海湿地比我所见过的其他任何湿地公园更显宽阔大气，每个所到之处，都潜藏着设计者独具的匠心，一片片芦苇水草，一座座亭台楼阁，一条条通幽曲径，一叶叶独木小舟，虽置身川西北，恍惚中却如同下了江南，丝丝缕缕，牵起游览者心中的万般情思。

　　虽然事先在心中构想了千万遍泸沽湖的模样，但当车船驶进她的怀抱的时候，我还是被泸沽湖的隽丽秀美惊讶到了，最难忘的还是她的水韵，她比我想象中的还要晶亮，还要幽蓝，还要恬雅静美。近看清澈见底，可掬可饮，远观如片片翡翠，平滑晶莹。那是她清澈的眼睛，是她洁净的灵魂。无论是阴雨蒙蒙的清晨在草海里泛舟，还是艳阳普照的午后在亮海边环游，泸沽湖清凉的湖水皆会让我们幻化成水里的一条鱼，水面上掠过的一只鸟。所到之处，湖边水面，总会飘着些点点娇嫩的盛开的小白花，为泸沽湖平添了几分清新和柔媚，当地人为这些小花取了个别名：水性杨花，其实它的真正学名应叫水藻花。

　　除了水，我也曾在在脑海里描画过泸沽湖畔摩梭人的模样，现实中的他们与我想象中多多少少有些吻合，但也有些出入。这里的摩梭女子，头扎彩带，秀发披腰的并不多见，相反头顶银饰，绾髻束发却不少。她们的衣裙，也并非一律是与湖水合二为一的青黑色，除了少数上了年纪的阿妈，我所见到的女子，大部分彩绸上衣白色褶裙，腰间束着宽宽腰带，更显身材的纤细修长。作为泸沽湖至高无上的女主人，她们活跃于舞台上、店铺里、客栈中，甚至一些阿嫂，和男子们一样为游客们撑船于湖上。至于那些翻花楼的阿哥，在我看来就略显神秘了，不知道是什么原因，我居然没看到几个摩梭男子，除了晚会中的几个演员，客栈里一两个伙计，最接近本色就是草海里撑船的阿哥，他们皮肤黝黑，身板精瘦，大部分裹着被汗水露水湖水浸湿的袍子他们在湖上挥汗如雨时偶尔也一展歌喉，甚至还有调皮的小阿哥，在客人不注意的时候飞溅一桨湖水，惹来一阵阵猝不及防的尖叫和骚乱，欢笑之余不禁让人感叹，摩梭小阿哥真是少年不识愁滋味啊！

　　至于摩梭民居，则与我相像中的模样差距较大。它们并非星星点点坐落于湖面掩映于岸丛中，而是一排排一片片矗立于交通大道旁。这些民居确实是木质结构，外面被刷了黄漆甚至上了彩绘，那种雕梁画栋感远远脱离了质朴沧桑的原始味道，也难怪那些自称是摩梭女子的银铺销售员说，她的话大意是这样吧。其实那姑娘当时半嗔怪半开玩笑的原话是：都是你们汉人给带坏了的！

　　出行的第五天，当旅游大巴环绕整个泸沽湖畔（包括云南境内）走完了最后一个景点之后，我们便踏上归途。我带着对泸沽湖的无限留念，与几天里结成深情厚谊的旅友们一一告别。在依依不舍的道别声中，我想：数年之后，翻开相册，能勾起回忆的除了彼此陌生而又熟悉的容颜之外，人们的目光更多的应是该投向了身后的那些隐隐的青山与悠悠的湖水了吧？

　　再见了，泸沽湖！

2017年8月 于金城

窗前有棵银杏树

住在金城快十年了，我最喜欢的便是 402 室主卧窗前的那株高直挺拔、粗壮健硕的银杏树。

这株成年银杏，为了等待主人的到来，先我们一步落户金城。记得当年拿到新房钥匙时，还未到楼下，远远地便看见一树浓绿冲天散开，不偏不倚，正好晕染在 402 室的窗前。我满心欢喜，"噔噔噔"地跑上楼，来不及环顾新居的室内布局，就急忙忙地要跟守护在窗前的新朋友打个招呼。推开窗户，一股清气扑面而来。时值八月，外面烈日耀眼炽热，我的窗前却撒满了星星点点的幽绿，绿色的银杏叶片片舒展，层层叠叠，互相簇拥，争先恐后地为我撑起了一把把小伞，硬生生地把明晃晃的太阳光给屏蔽在了四楼的窗户外。那一刻，我的内心舒畅而宁静。

刚住进金城的前几年，正是忙碌的三十多岁，成天在家和学校之间奔忙，我的心思几乎全扑在了讲台之上。早出晚归，精力透支，疲惫不堪的我，被繁重的工作磨蚀得对生活没有了几分热情。一天到晚，脑海里除了充斥着学校与学生、习题与试卷，几乎忘了窗外一直有个忠实的伙伴在默默守护着。直到有一天，抬头一看，咦，什么时候，这个盛装的家伙只剩下光秃秃的根根枝条了？再加上几点零星枯萎的叶片挂在枝尖，配以深冬灰白色天空背景，让我突然感受到一种迟暮的悲凉感。

读过一个经典，是关于一位画家用笔下的一片嫩叶唤起一个垂死病人生存信念的故事。我家的银杏，在某个春天的早晨，在某种程度上，也给了它女主人以类似的启迪。当清晨的初阳冉冉升起，穿过光秃秃的银杏枝条映在窗户玻璃上的时候，我突然发现每根枝条上有一粒粒鹅黄的小凸起，随着阳光的渗透，不经意间，似乎有几个小凸起在慢慢绽开，渐渐幻化成了几片柔嫩的小叶片。这些叶片在晨露中微微颤动，恰如舞动的羞涩的小精灵。那种小清新和小灵动让术后很长一段时间恹恹的我为之一震：每个生命都会经历寒冬，熬过去了，便是春天。

真正感悟到银杏的美丽，是在秋季。可以不夸张地说，秋季，当属银杏的季节。当然，秋之宠儿红枫也可以算一个，但红叶生长的环境却总有各种限制，不像银杏，除了深山野谷外都可以扎根，城市乡下，房前屋后，它都可以落户立足。从色泽而言，红枫也太过艳丽与深沉，不像银杏，明灿灿的金黄彰显出来的是小孩般的纯洁与可爱。十月来临，几场霜露浸润过后，不知不觉间，银杏所在的地方，天上一片黄澄澄，地下一片金灿灿。这会儿我的窗内外，比任何时候都要温暖明亮，抬眼一看，树上像悬挂着无数的小太阳，又像是挂着无数的扇形金箔耳坠，映衬着窗沿上方的蓝天白云，让人内心明快，时时晴朗。在飒飒秋风的吹拂下，树上的小太阳摇身一变，瞬间化成了一个个有着纤细腰肢、旋着金色裙摆飘飞的小舞女，袅袅娜娜，悠悠然飘向一楼的小花园，没几个时辰，一楼家的小花园便被金色铺成另一道风景。

说到一楼，便想起刚入住时，为了这棵银杏，差点和一楼的怪脾气退休的老人家产生龃龉。老人家嫌门前的这颗银杏枝叶太过繁茂，不但夏日遮了他家小花园，秋季还落叶不好打理，于是没有通报物业便大肆地对之修枝裁叶。我挺身而出委婉规劝，反被那暴脾气的老人家呛了一顿。心中憋屈的我，本想搬出我家男主人和他再理论一番，后来想想，还是算了。

而今八九年过去了，这株银杏仍忠心耿耿地伫立在我的窗外，其粗壮的枝干甚至从三四楼攀升到了五六楼。闲暇的时候，稍微留心一看，抬头低头间，一年四季，眼里全都是风景。

2019年12月11日于金城

翻越蒲家梁

....

每个人到这个世界，都会有一寸落地生根的乡土。

我的出生在游仙一个较偏远的乡村，这个村名叫朝真乡，当时人们习惯称它为朝真观（因乾隆时在此地修建的道观朝真观而得名），如果再往前追溯十几年，这里好像叫"火花公社"。往后发展到现在的，在经历撤乡并镇后，它与近邻柏林镇合并为了仙鹤镇，"朝真乡"因此变成了仙鹤镇"朝真场"，但无论它的称谓怎样变迁，我始终还是习惯于叫它朝真观。朝真观距离绵阳城四五十公里，按现今的开车速度大约也就四五十分钟的车程，然而记忆中从朝真到绵阳似乎怎么也要两个多小时。小时候由于乡村闭塞落后，道路崎岖蜿蜒，通往城里的大巴车要3-4小时才有一班，换言之就是一天最多只有两趟大巴。由于交通不便，乡亲们一年到头很难有机会逛一次绵阳城。记得我也是直到15岁，才第一次进城。那会我考取了城里有名的绵阳中学，哥哥小兵和姐姐小林一起护送我搭班车进城。记得那天凌晨下着淅淅沥沥的小雨，我们兄妹三人鸡叫三遍便起床，赶到乡里汽车停靠站时，天却已经大亮了。

大巴车驶出朝真观到绵阳城须得翻越一道山梁，乡里人习惯把在山梁上开出来的路口称为"垭豁"，而这个前拥朝真场镇，后靠柏林村社的高大山垭在我们那里被称为"刘家垭豁"。刘家垭豁坡高路急，松柏林立，像一道屏障，把乡里人和外面的世界隔离开来。在那个贫瘠的年代，在意识落后的乡民们心里，刘家垭豁太过巍峨高远，非乡里人的两只泥脚搭子能够丈量，能翻越这个垭豁走出乡沟沟并见到外边繁华世面的人，一定是饱读诗书了不起的文化人。为此，我拼了命读书，只为将来能站到刘家垭豁的梁顶上看看外边世界的模样。如今，当在岁月途中跋涉过一些山山水水之后再回头看时，我才发现我的故土朝真观实在太小，难以逾越的刘家垭豁实在太低。从刘家垭豁走出去的人，早已不再局限于读书人了，像中国的大多数乡村一样，除了一些留守儿童和老人，朝真观的青壮年们，正奔赴祖国的四面八方甚至世界各地，为他们的梦想奋斗打拼着。与此同时，在发展的洪流中，我们的朝真观也正在成为别人眼中"外面的世界"，乡村旅游、生态基地、仙鹤粮仓，一张张名片把这个曾经贫瘠无闻的游仙小老幺推到了人前来。

其实，朝真观于我少幼时期的生活细节而言只是个相对宽泛的地理范围。我跑过的每一条田埂乡陌，我嗅过的每一片花草树叶，我痴望过的每一道袅袅炊烟，都浓缩在一个叫蒲家梁的地方。蒲家梁也是一道小山梁子，梁子这边叫青龙沟，是我们朝真八大九队的所属地，梁子背面边叫石龙院，是朝真六大队的所属地。虽然一道山梁将这里隔成了两个地界，但因为梁前梁后山脚下的人家大多都姓蒲，故而此地被称作蒲家梁。蒲家梁比起刘家垭豁低矮得多，于后者而言只能是小巫见大巫，但于幼小的我们而言，却是上学路上难以逾越的障碍。且不说梁子脚下张本甫家那见人就龇牙咧嘴的大黄狗，也不说一下雨就泥沙俱下滑、溜难攀、抬头看不到顶的坡道，单就坡梁上那一段杂草丛生、坟冢密布的羊肠小路就足以让人胆寒。没两三个小朋友做伴，我们是绝对没胆量一个人翻越的。好在小学六年、初中三年，有弟弟为伴，我们姐弟俩相互牵扯着走，终于把恐惧走成了坦然。

此后多年，由于求学和工作的原因，我很少再回朝真观，关于刘家垭豁的印象也越来越淡，脑海里偶尔会浮现初中跑早操时拼命往山梁上奔却怎么也到不了顶的情景。关于蒲家梁，却老是做着与之相关的梦，梦中总是会条件反射般出现狂吠的大黄狗、泥泞的坡路和一排排阴森森的坟茔。这些梦境反复出现，很长一段时间侵扰着我的睡眠，令我不堪其扰。直到去年4月，游仙作协组织了一场关于仙鹤镇的文学采风活动，让我有机会回到了蒲家梁。回到"母亲"的怀抱，在故乡的腹地穿行，曾经那些浮现于梦中的艰难景象已荡然无存，取而代之的是高高的观景台、笔直的水泥路、漫山飘香的白牡丹，以及梁下那一望无际翻滚不止的层层麦浪。

当这番景象朝我扑面而来的时候，我知道，故乡再也不是从前的故乡，梦境将也不再是从前的梦境了。

2022年12月于金城

关于隐士

傍晚时分，感受着城市的霓虹闪烁和热闹喧嚣，莫名想到了隐士一词。

我从未深入研究过隐士的含义，但直觉认为它应该有别于出家的男女。隐士能被称为士，他首先应该是读书人吧，至少也是胸怀别样才华的人。简言之，隐士首先应该是有才德的人。而出家人则不一定，他或许是鸿儒，也或许是白丁。隐士的"隐"往往让人扼腕叹息，因为他在隐身的同时也收束了自己的才华，这对社会算是一大损失，而出家人的"出"则没有那么大的轰动效应，他的出走带走的仅仅是自己的喜怒哀乐，甚或几个亲人的牵挂。隐士也罢，出家人也罢，有一点他们是相同的，二者皆为红尘世俗所扰，不堪欲望的日夜熏心，因而以一走了之来应对未来的人生。他们不是要寻找世外桃源，不过是想逃离人群，摆脱烦恼罢了。

古时隐士的逃离，大多因为怀才不遇，壮志难酬。说到底，就是"关注"二字。当他觉得社会对自己的关注度不够时,就开始使小性子:不关注我?好,我走人!这种负气遁隐其实是对社会的不负责,也是对自己的不负责。说到底,还是"小我"的表现。

真正的隐士,在我看来,是"宠辱皆忘""不以物喜,不以己悲"之人。无论他居庙堂之高功勋卓著也罢,还是处江湖之远名不见经传也罢,只要他思想足够谦虚,心态足够平和,就能称得上是"士"。他不会因为稍有建树便沾沾自喜,恨不得马上昭告天下,也不会因为不被人赏识,暂时闲置无用而苦闷。这样的人,面对别人的艳羡或同情,他会说:"别关注我,我没什么值得大家艳羡。"又或许是"我无大碍,君不必施于同情。"

"不关注我?"与"别关注我。",一个"不"字,流露出多少的自以为是和对社会的愤懑不平,而一个"别"字,又隐含了何等的谦逊谨慎和随和低调?所以真正的隐士,不是负气遁形,而是潜藏一颗谦虚平和之心。

2011年10月21日晚

爱上花裙子

一直不大爱穿红着绿的我,近来竟不可思议地爱上了花裙子。

我的衣服,大多是深色系冷色调的。打开衣橱,除了黑色,便是白色点缀,再灵动一点的话,也不过是来点深紫,或者墨绿,以至于很多对我的衣着有意见的闺蜜见我就故意说,你买件新衣服好不好,怎么从来没见你换过衣服啊!甚至和我同寝室的朋友小白也毫不留情地调侃我道:"你穿的衣服,我要到 50 岁的时候才考虑会不会穿。"

我的衣着走成熟路线,大概从很小的时候就开始了。小时候家境拮据,姊妹众多,父母手头紧,根本不可能给每个孩子都置办新衣物,于是,一套衣服,真的就成了朱德老前辈说的那样,老大穿了老二穿,老二穿了老三再接班。我是家里的老四,轮到我的时候,衣服基本都褪色了。不过尽管如此,我还是很喜欢穿姐姐们留下来的衣服,虽然陈旧,样式在当时却是很时髦的,因为我的姐姐们都是妙龄少女,没有哪个少女甘愿脱离时代潮流。

就这样，穿着姐姐们的旧衣服，我居然也可以获得同龄小朋友羡慕的眼光，因为这些衣物，对于他们而言是稀奇的。就在这种洋洋自得的心理的催化下，我的衣着逐渐成熟化，它始终走在了同龄人审美的前列。

衣着审美的超前成熟，似乎让人的思想也变得不再那么幼稚。在没满 35 岁之前，我一直对别人花花绿绿的着装是嗤之以鼻的，尤其是上了 30 岁的女人。在我眼里，30 多岁的女人穿得姹紫嫣红，纯粹是一种浅薄，一种造作，一种掩饰，一种青春不再的慌乱。所以，我对自己的衣着很是自信，觉得这是最符合实际年龄的打扮，是一种本真的展示，却丝毫没有察觉到这其实也是一种固守，一种僵化，一种和时代脱节的表现。

但是，当我看了西方某国，大概是美国一档娱乐节目后，内心被深深触动了。节目里，大多是一些老年男女，除了容颜之外，你丝毫感受不到他们的衰老。这些老人们，穿着大红大紫的衣服，男人们蹬马靴，穿坎肩，戴沿帽，女人们抹口红，戴首饰，涂指甲。他们玩着节目游戏，尽情地唱着跳着，每个男人都容光焕发，每个女人都神采奕奕，你丝毫感受不到他们的老态龙钟，也看不到老年人固有的那种暮气和沉寂，所能感受到的只有生命肆意的张扬和勃发。这种活力让我们联想不到"夕阳"二字，更无法把他们和"日薄西山，气息奄奄"结合起来。看着他们载歌载舞的样子，我幡然醒悟：生命应该是有色彩的。

自此以后，在街上闲逛的时候，我渐渐喜欢驻足观看身边那些穿红着绿的人们，尤其是女人。无论她是七八岁的孩童，还是十三四岁的少女，无论是二十出头的熟女，还是四十好几的半老徐娘，都是一道与众不同的风景。看她们衣服的颜色和样式，看她们走路的神态和姿势，看她们的一颦一笑，一举手一投足，都是一种享受。我再也不会对鲜艳的颜色反感，不仅如此，我还悄悄为自己置办了好几身色彩绚丽的夏装。倘若某日遇到身边女伴穿得太暗淡，我可能还会打趣说："你今天怎么穿得这么老成？"

2011年6月30日于富乐

做个百合花一样的女子

校门外有一片花店，各种花草青翠欲滴，争奇斗艳。每天下班经过时，我便会不由自主地被这些花草吸引——玫瑰、绿萝、牡丹、黄菊、康乃馨、薰衣草，满天星……品种繁多，形形色色，每一枝每一株无不像一个个艳丽妩媚、风姿绰约的女子，齐聚一堂，色香四溢，简直让人心旌摇动，不能自已。

有人说，花似女人，女人如花。

如果说每个女人都是由一朵美丽的鲜花幻化而成的话，我希望我是一枝百合。

百合花一样的女子，干净纯粹，心无杂念。她的世界，不会因外界的污浊而浸染，她会坚守内心的清澈，世间的名和利、是与非、荣与辱她都避而远之。通常，女人不像男人那样志存高远，要做到不争名利尚可，但要做到不论是非，不计宠辱，却是少之又少了。我欣赏不争名利荣宠的女子，他们面对云卷云舒，花开花落，总是那么的云淡风轻，闲适自在。我更欣赏在人前娴静的女子，无论别人怎样说长道短、唾沫四溅，她都嘴角含笑，不掺半言。

百合花一样的女子，温婉从容，浪漫优雅。这样的女子，她应该有自己的兴趣爱好，他的生活应该浪漫富有诗意。她可以是家庭中的贤妻良母，但绝不应该只下得了厨房，洗得了衣裳。她也可以是独当一面的职场女性，但绝不应该只是为了工作而殚精竭虑，形容消瘦，狼狈奔忙。花一样的女子，在做完或者做好她分内之事之后，应该有更多属于自己的空间与时间，去修炼内身外形，弹瑟鼓琴也罢，吟诗作画也罢，唯有这样，女人才会更像一支悠扬的歌，一首动人的诗。

百合花一样的女子，散发馨香，怡养他人。女人天性柔和，善于包容。女人的美丽，源于对他人的宽容，真正的宽容，不仅在于原谅他人的过错，更重要的是能做到以德报怨。花一样的女子，更应拥有一颗水晶般的心，以驱走黑暗，温暖他人，从而让世间多一些明媚。

百合花一样的女子，珍惜春天，努力绽放。世间生命，人也罢，花也罢，既有发芽绽放之开端，便也逃避不了萎谢凋零之结局。百合的纯洁美丽，在春天的日子里惊艳了世人。然而从含苞到绽放，从未看到过它的一丝犹豫和畏惧。也许空气还有些寒冷，但只要嗅到了一丝温暖，它便会不遗余力地抓牢属于自己的季节，把生命绽放到极致。因着这份勇气与努力，以至于在它凋零失色时，我们还能嗅出氤氲在空气里的袅袅余香。

好想做个百合花一样的女子，涤清身上所有的尘垢，驱逐内心所有的焦灼，摒弃脑海里所有的杂念，赶走性情里所有的戾气，让生命散发出它应有的馨香，绽放出它独有的美丽。

2017年5月5日午后于财政局寓所

我之生命观

　　五岁之前，我对生命几乎没有任何概念，只是觉得人和动植物似乎有所区别。区别就在于人们砍树伐木，割草刈麦时很随意，但植物们只能缄默不语，任由刀斧挥舞，然后被齐刷刷割砍而下，或运往木材加工厂，或被饲养员送进草料厂，或杂乱无章地被摆在田间，等待腐烂为泥。植物们总是毫无怨言，整个过程没有血泪横流，伤痛欲绝，号呼呐喊的悲恸场面，由此我认定植物是没有生命的物类。

　　再稍大些，逐渐见识了一些血腥，那便是逢年过节时看大人们杀猪宰鸡的场面。第一次看着明晃晃的尖刀直取动物们的要害，鸡鸭猪狗们狠命挣扎，声嘶力竭地悲鸣时，我闭紧了双眼，同时内心也感到有一股股凉气袭来。但见多了此场面后，我逐渐发觉自己是在杞人忧天。大人的无动于衷告诉我，动物们天生是要被宰杀，要被端上人们的餐桌的，它们的鲜血，它们的哀号，它们的挣扎是命中注定的，这一切的一切都是无法改变的事实，甚至可以被忽略。所以，在我幼小的心里，动物也近似于没有生命的东西，至少是属于那种没有感知没有思想的物类。

唯独对于我和我的同类，我总是怀着无比崇敬的心理。记得第一次被小刀划破手指，看着殷红的鲜血汩汩流出，感受着神经末梢的疼痛，我吓得狂呼乱叫起来，那阵势不亚于天塌地陷，世界末日的到来，直到父亲为我敷上云南白药，疼痛感逐渐消失，我才安静下来。可也是从那时起，我才明白流血和疼痛是紧密相连的，再见屠宰动物的场面，耳闻它们声声哀号时，我才明白，它们原来也是有感知的，它们惨叫，是因为它们痛彻心扉。

再大些时候，便听到了"手术"这个名词。当得知患了胃癌的叔叔要被推上手术台开肠剖肚甚至切除部分内脏时，我非常惊恐，担忧地问爸爸："叔叔是不是要死了？"在我的心里，锋利的尖刀只是用来针对那些动物们的，而当尖刀和它们的身体亲吻时，它们就再也不能活蹦乱跳，自由游走了，它们的生命也将就此终结。而现在，这样的事情竟然要发生在一个活生生的人身上。人类的躯体在我的心目中曾经是那么的神圣不可侵犯。我总以为，人是不同于其他物类的，他们聪明智慧，有思想有头脑，有知觉有感情，他们凌驾于一切物类之上，高贵而倍受尊崇，他们怎么会有生老病死呢？那些流血呼号的场面怎么可以出现在这样的物种身上呢？想象着手术刀在叔叔身上游走的情景，我不寒而栗，那种感觉像极了第一次见人们屠宰鸡鸭时的情况。

再后来，便是见证人类的死亡了。树木草麦被砍割下的时候，是看不到死亡的，因为缺少流血和挣扎的痕迹。而动物的死亡在我的脑海里也曾经是那么的理所当然。我唯一没想到的就是人类也会面临死亡的挑战乃至遭遇死亡。16岁的时候，一辆载重车从学校右侧的陡坡上急驰而下，一个急刹车伴随着一声惊叫，有人应声倒下了。接下来便是一具毫无知觉的躯体和一摊血迹摆在了路的中间，全然不见了刚才还行色匆匆的来人。机械地看着晃动的人群，忙碌的警察，悲痛欲绝的死者家属，我黯然了：人的生命也不过如此，站着过日子还是躺下来永远安息，原来就在那么一瞬间！说到底，人和动物有多大区别呢？如果非要说出个道道来，我想最大的区别还是在于人类多了知觉和感情，智慧与头脑这类东西，而这些他们引以为骄傲的东西恰好成了他们生存的重负，正是这些东西，让他们活在纷繁复杂的社会中，使他们来的时候步履沉重，去的时候也充满痛苦。

由此看来，人还是简单点好。学学草木的无情，动物的无知，放一下做人的架子，或许这样，人类就解放了。

2006年11月3日凌晨于仙海

在行走中成长

有缘在文库里看到肖复兴先生的文章《年轻时应该去远方》，读来直击心扉，一种相见恨晚的遗憾油然而生。一是遗憾年轻时没有及早明白这个道理，再者是明白这个道理后自己却已不再年轻，以至于白白错过了那么多漂泊的机会与时光。

没错，人的一生总是在行走，行走中，我们的身体逐渐茁壮，我们的视野逐渐开阔，我们的意志逐渐坚定，我们的阅历逐渐丰富，我们的思想在逐渐成熟。行走，实则是一种经历，是一笔宝贵的财富。人生总是在不断地历经世事之后参透一些东西，明白许多做人的道理，而年轻的岁月，正是一个人体力和精力最旺盛的时候，正如肖先生所言，那个时候的我们，初生牛犊不怕虎，有的是无知无畏的勇气，而对远方美好的向往和对未来的憧憬也被无限度地放大。除了勇气，除了年轻的身体和无穷的想象力，我们总是在收获欢乐，收获温暖，即便最后面对的是痛苦与残酷，那也可以成为一场回忆的盛宴。

　　接着，我想到了周边很多与青春与远方相关的人，有正青春年少的，有踩着青春的尾巴正步入中年的，还有青春已逝进入天命之年的……年轻时候去远方是为了历练人生，去拓展生命的维度，那么我们在人生的其他几个时段又该去把握些什么呢？

　　我身边的亲人，从年龄上看很巧合地构成了一个生命历程的完整周期。首先是青春年少的十四岁女儿，她这样的年龄，又应该经历些什么才算成长？根据自己一路成长过来的经验而言，说实在的，我打心眼不希望孩子像妈妈当年那样循规蹈矩地生活。虽然我一再告诫孩子，青春时期学习知识是主流，不学习就会成为"非主流"，但我并不希望他们像苦行僧那样一味地攀爬在书山上，浸泡在学海里。我希望她想唱就唱，愿跳就跳，我希望她能多一些兴趣爱好，我希望看到孩子奔跑的身影，听到她随时发出银铃般的笑声，我希望看到她跌倒，然后又爬起来继续前进。总之，我希望我的女儿在她如花的季节里，能嗅到十四岁应有的一切芳香，能感受到十四岁应品味到的一切酸甜苦辣。

　　接下来是站在青春尾梢的我，看着花花绿绿光怪陆离的世界，我有种应接不暇的感觉。我不知道这是一种不够成熟的浮躁还是一种青春将逝的不甘？这世界还有那么多未知的东西，我却不能一一尝试和探索。一方面渐趋衰退的容颜和逐渐不支的体力时刻在提醒我，你已经不再年轻，没必要再费劲地辗转折腾，一方面却又不甘心就这样心如止水地老去。活生生地看着青春快速地流逝，而远方在心里也越来越模糊，我知道，我人生的步伐愈来愈迟缓。但我始终想象不到，如果止步不前，生活将变成怎样的一潭死水，人生遗憾还会不会继续上演。

　　再接下来是老姐，一位刚过五十却已退休两三年的女性。记得刚退休闲下来那阵，老姐脾性极差，事事烦心，样样上火。她不旅游，拒绝广场舞，也不打麻将娱乐，总之，她几乎没有自己的兴趣爱好，并且似乎也不打算培养。那一两年，我一直在想，姐姐就这样到了该回忆的年龄吗？从生理角度讲，如果人的生命可以延长到百年之后，我的老姐难道要把后边的五十年全都拿来回忆她的前半生吗？好在不久后，老姐添了小孙子，再加上年迈的父母需要照顾，她的内心才有所寄托，生活才逐渐充实起来。内心有了寄托，生命也就有了奔忙的理由和喜悦。老姐开始爱上了逛街、养花，甚至参加同学活动。我的姐姐终于找到了她行走的方向，也正是这方向让她重新焕发了生机，甚至于开始了人们所说的逆生长。

最后想到了我的父兄，我的哥哥和父亲以及小弟在我眼里，都是正直而有才华的人，他们喜舞文弄墨，一手书画在我们当地颇受称道。记得每逢举家团聚的时候，父子仨都会在一起比试文墨，有时我这个家中幺女也会去凑个热闹。想当初，一大家子人生活虽清贫了点，但情趣却不流俗。我感觉那时每个成员的心中，还真隐藏着"诗和远方"。然而随着岁月流逝，世事变迁，每个人在朝着自己的"远方"奔去的时候，离"诗"却愈来愈远。在奔向远方的时候，大家忘了保持我们内心应该坚守的东西。兄与弟才情未添，肚腹却愈来愈大，父亲因年迈体衰，也多年未执笔挥毫了，家人再聚时，共同话题未见增多，距离感却愈来愈明显。我不知道，这算不算是一个家庭在行走过程中逐渐衰老的迹象？

现在细想，成长，其实真还与年龄和岁月无关，它应该是一个无休止的过程，无论在人生的哪个时段，只要我们不停留脚步，只要我们在不断经历世事，只要我们在不断探索，我们的认识就会不断更新，我们的行囊就会不断充实。如果我们把每一天都当作人生的最后一天去过的话，那么我们首先要做的不是去回忆，而是如何将这一天的分分秒秒过得充实愉快而有意义。所以，只要生命不止，成长便在时时延续。

2017年6月14日 于财政局寓所

坦然岁月

对时间有了概念，真正意识到人生易老，岁月易逝是在我进入三十岁的那年。那之前，我一直觉得自己就是个小孩子，即便是走上工作岗位，即便是步入婚姻殿堂，即便是孕育爱女。曾经的我是那样的无忧无虑，充满活力。在所有的人面前，我感觉自己好像永远停留在妙龄十八，从不曾有过对于时光流逝的感伤和惶恐。

直到有一天，发觉稚气未脱的侄儿站在我面前竟比我高出一头时，我突然有了一种如梦初醒的感觉。小时候，非常羡慕长大，刻意翻出姐姐们的衣饰，竭力要把自己装扮得成熟一些，殊不知无论怎么装扮，都掩盖不了骨子里透出来的那份幼稚和青涩。那时的我，在大人们的眼中永远都只是个小孩子，就如现在站在我面前的侄儿一样，无论他的个头有多高，但是他脸庞轮廓勾勒出的圆润，眼睛里流露出的清亮和单纯，让我怎么也无法把他和成人世界联系起来。他，依旧是个孩子。

人就是这么矛盾，在憧憬成长的时候永远也长不大。长大之后，却又希望时间就此打住，好让曼妙的青春永驻，然而镜前一站，却发现已然老去。岁月的真实不是服饰所能修正的，青涩不会因成人服饰而变得老练，衰老也不会因穿红着绿转化为清纯。真正暴露我们年龄秘密的，是刻在我们脸上的沧桑，是我们眼睛里对生活的接纳。

也是那么一天，我突然发现一向精力充沛，精明能干的母亲在短短的一年，甚至是几个月之内讷于言且钝于行了。苍颜白发自是不必言说，可是母亲似乎对什么都不太上心了，更让人忧虑的是为了解她的孤寂，我有意让活泼好动的小女和母亲多待在一起，可未料想，母亲因小孩的好动更觉心烦意乱了。母亲老了，我不忍道出这个事实。一个老字，于我，于母亲都是一个颓废的话题。

曾经，如果听闻身边的某些熟人遇到高兴或悲伤的事时，我通常会立即做出反应："真的吗？那太好了！"或是："啊，怎么会这样呢？那太不幸了！"周遭的人和事，在我看来，总是那么新鲜，让人关注。而每一个幸福和不幸的故事，多少会在我脑海里泛起或大或小的波澜。那时候的我，敏感且充满了灵性。我想，之所以这样，大抵是因为经历的太少。再或许是因为这些人和自己无血缘牵连，我对发生在他们身上的事，没有丝毫思想准备，故而才会反应激烈。而当事件逐渐向我的亲人甚至我自己靠近的时候，我的思想就有了一定的抵抗力。我变得有些"麻木不仁"。我开始向岁月低头，向命运弯腰。我承认岁月催人老，承认生老病死不可抗拒，我相信一切发生在他人身上的悲剧，同样可能发生在我和我的亲人身上。我用这种低头认输的态度，来缓

窗前有棵银杏树
CHUANGQIANYOUKEYINXINGSHU

冲将来生命中可能遇到的无情撞击。

　　岁月易逝，人生易老。人的一生，从有了时间概念，明白事理开始，便开始在忐忑中度过。但我们不过是食人间烟火的凡夫俗子，有了这点准备，生老病死面前，忐忑也就成为坦然了。

2020年3月5日

生活的真相

朋友的老公走了，就在前几日，走时 46 岁，正值壮年。

消息传开，很多熟悉他们夫妻的人都无法接受这个事实，不仅仅因为逝者走得太过年轻，还因为他们夫妻二人平素里都是那种生龙活虎之人，日子过得热气腾腾。没曾想厄运突从天降，一家人生活的小舟被风暴击得七零八落，就此停摆，无法不令人唏嘘感叹。

除了这家人以外，身边受此事冲击较大的，还有朋友圈里的另一位朋友，她是消息最初的来源。在告诉我这个消息的时候，她的情绪非常低落，反复念叨道："人怎么这么脆弱，怎么就这么脆弱呢？"以至于过了两三天了，她还打电话告诉我说她因这事失眠了，整夜整夜睡不着觉，满脑子里都是与逝者相关的过去的一些画面。

我能理解她的心情：每个人在他的生命历程中，迟早都会因身边某一个生命的逝去遭受到强烈震击，从而引发对生存价值、生命意义的深层次思考。何况她正处于人生失意的阶段,身体健康状况欠佳,工作事业似乎也遭遇瓶颈,如今碰上身边熟人离去,内心的晦暗失落可想而知。只是,作为早已过了不惑之年的同龄人而言,我觉得她对生命易逝的敏感度还是稍微来晚了点。或许,一个人的日子如果太过平顺,太过静好,他(她)对突如其来的暴风雨就越可能手足无措。

其实,这世界,每天都在上演生离死别的故事,只是二三十岁前我们浑然不觉。二三十岁的时候,我们的上一辈身体尚还康健,下一代如朝阳初升,正当壮年的我们体健如牛,一心除了为梦想打拼,根本无须担忧生命的脆弱无常,我们懵里懵懂地享受着生活的静好,永远不会想到有朝一日,我们得亲自去面对衰老病痛、生离死别对我们的考验。然而四十岁过后,冷不丁地,你会闻听身边熟知的某某人今儿罹患绝症,明儿某某人又猝然离世了。更为糟糕的是,随着自己年龄渐增,我们的父母逐渐成了高龄老人,于是经历双亲的衰老、卧床、病逝成了每一个四五十岁的中年人必修的课程。再残酷点,有时在浑然不觉中厄运的巨石就会直接砸到自己的头上,你还没回过神来,它就已经变成了欲哭无泪的事实。生活的真相就是这样,在无声中挣扎,在挣扎中向前爬行。

然而,尽管如此,地球从来就没因为某个人的小世界坍塌了而停止转动,照旧日升月落,斗转星移。逝者已矣,存者还需微笑着面对明天。大悲大恸换不来健康,也唤醒不了逝去的生命,明白了这个道理,我们便能以冷眼去睥睨病痛,以平常心去看待生死了。

2020年5月21日于金城

后记

三十年河东

　　我，一位三十刚出头的女人，如今是一所学校的初中语文教师。

　　俗话说，"三十年河东，三十年河西"，如今回顾过往经历，心中不免生出一些感慨来。

　　1974年9月，我出生在绵阳游仙一个偏远的小乡村里。父亲是一名教师，母亲是一位精明能干的劳动妇女。我在家排行老四，前面有两个姐姐，一个哥哥，后面还有一个弟弟。一家七口人，家里的生计，五个孩子的学业，全靠父母支撑着，这实在令他们苦不堪言，可是尽管如此，父母也从未有过一句怨言，他们磐石一样的性格，对我们起着深远影响。

　　我一生下来就体弱多病，成长之路异常艰难。因为子女多，母亲生下我时已经耗干了奶水。看看瘦弱的我，再看看膝下嗷嗷待哺的其他几个孩子，母亲打算将我送人了，她想那样或许可以为我谋一条更好的生路。但是父亲的不舍，再加上我可怜的啼哭，最终迫使母亲含泪把我留在了他们身边。母亲的这一留，无疑为他们日后的生活增添了无尽的麻烦和负担。

从能迈步走路开始，我经常咳嗽发烧，呼吸不畅，被诊断为小儿慢性支气管炎。在我的记忆里，两岁至六岁这段光阴，我是生活在汤药偏方以及父母忙碌奔走的身影里的。长期的气紧咳嗽，使幼年的我形成了一个习惯性动作，就是脖颈总是不由自主地前伸，口鼻贪婪地扩张着，似乎是为了要吸到一口最新鲜的空气，以至于邻居送了我这样一个"雅号"：鮕妹儿。

满以为小儿支气管炎这一难关过去，后边便是春光明媚的日子，却不料小学三年级时一场"蛇缠腰"差点要了我的小命（到现在我还不知道应该用怎样的医学术语来正确称呼它）。满腰身又红又亮的小豆豆，一触即痛，它引起我高烧不断浑身虚弱。听人说，"蛇缠腰"如果凑成了一圈儿，便是灵丹妙药人也难以起死回生了。可我在父母的精心呵护下，最终还是赶走了死神，夺得了又一次生存胜利。

至于后来十岁得麻疹，十二岁得急性肠炎，二十七岁生小孩得急性乳腺炎，在我看来都是不足挂齿的小事了。一个人在经历太多的身体磨难之后，便逐渐对疼痛产生了免疫力，而随着疼痛免疫力的产生，生活的态度也越来越从容了。因为病痛除了会带给人痛苦外，还能带给人坚忍不拔的求生意志。

健康之神不太垂青我，我并没因此自怨自艾，毕竟最终我还是战胜了病魔。我觉得更值得回顾的是我十几年的求学生涯。

因为家境拮据，我八岁才开始同弟弟一道进了学堂，他那时候七岁。记得二十世纪八十年代初期的学费是非常便宜的，但我和弟弟却因为总是拖欠学费，从而被老师贯以"老油条"的美名。

我们因此感到十分羞愧，故而读书便异常用功，生怕因拖欠学费、成绩落后遭到老师的遗弃。小学六年，我和弟弟的学业一直名列年级前茅，在校也从不惹是生非，这令父亲感到十分欣慰，他有句不太雅的口头禅："养儿不读书，等于养头猪"，他和母亲再苦再难节衣缩食也要让每个孩子接受教育，而我们的表现终于没有让他们失望。

初中三年，对于我来说，更是一个艰辛的历程。我们那儿当时是游仙区最偏远的村，到乡中心学校读书，我们一天来回须得走三十多里路，这之间还得经过两条坎坷累累的山间羊肠小道。按学校的作息时间，我们要不迟到的话必须起早摸黑地赶路，无论风雪寒暑。就这样，我和弟弟经常鸡叫起床，戴月归家，踩着晨露，踏着暮霭走在故乡山间的羊肠小道上，高一脚低一脚地跋涉了整整一千多个日子。回想那时的生活，最难忘的倒不是半夜苦读，而是时时萦回在梦境里露着森森白骨的座座墓穴。现在想来，如此困难都能克服，那么学业上的一切困难也就微不足道了。

由此，带着对知识对文化的渴求，带着对磨难对挫折的蔑视，我学习起来异常投入，用"悬梁刺股"来形容一点不为过。记得在绵中读高中时，我经常晚上一两点睡觉，早上五六点便起来了，为的是争分夺秒，实现我的大学梦，以至于一次半夜用功时，因为疲倦到极点，导致我点的蜡烛引燃了寝室的被子蚊帐，更悬的是火苗离整个木质楼顶只差了5厘米！幸亏室友及时相助，才避免了一场特大火灾事故的发生，也幸得宿舍管理员的好心掩护，这个错误才没有演变成一场轩然大波，否则的话我学业未完就得卷铺盖走人了。现在想起这件事还感到心有余悸，不过它又让我从中领悟了一些东西，那就是勤奋刻苦的精神固然可贵，但过度劳累却不可取，学习还是劳逸结合的好。所以在后来的大学生活里，我改变了自己的作息方式，兼顾勤奋学习与娱乐休息，为的是更加轻松地武装自己。这个方法很奏效，我不仅顺利完成了在校大专学业，而且及时拿到了汉语言文学本科自考毕业证。

1997年大学毕业后，我顺利地走上了工作岗位，告别了苦读的学生时代，我成了一名光荣的人民教师。从那时起，快快乐乐地生活，兢兢业业地教书，而今已经8年了。

回头看看自己三十多年来走过的人生之路，很少有丽日和风，鸟语花香，更多的是荆棘丛生，坎坎坷坷，但正是这些荆棘和坎坷让我对自己三分之一的人生有了一个交代，它给了我一笔丰厚的财富，教会了我以后做人不畏艰难困苦，不怕病痛折磨，敢于正视一切风风雨雨，勇于历练多彩人生。

感谢父母赐我以生命，感谢上苍赐我以磨砺，人生这条路漫长而修远，唯上下求索，别无他念。

2005年10月

（注：此文系本人在教学过程中对学生进行自传写作指导时所作，权且当作三十岁之前的一个人生小结）

我的语文老师

文 / 范雨萱

假期回到绵阳，和从前的初中同学聚会，大家一起谈起以前的老师，突然有人说："你们知道吗，听说蒲姐已经不教书了。"

大家口中的"蒲姐"，是我们初中的语文老师，姓蒲名晓蓉。她教我们那会，女神一词还没流行开来，大家兴称内心推崇的人为某某姐，蒲老师自然而然也就成了我们心中的姐。

蒲老师居然不教书了？这让我们感到有点意外。在大家心里，蒲老师应该算得上是把教书好手。我们很多人在毕业后都慢慢喜欢上了文字和阅读，这跟蒲老师有很大关系。

初识蒲老师，是在我们初中的第一堂语文课上。

那天是新学期的第一天，上午第二节课铃声响后，没有班主任的引见，只见一位三四十岁左右、中等个儿、脸颊饱满、眉毛弯弯，鼻梁上架一副暗红色边框眼镜的女老师迈着不疾不缓的步子笑盈盈地走上了讲台。大家端端正正地坐着，屏声静气，以一贯的静穆和期待等着新老师开口。可她却并不急于打招呼，而是拿起一支粉笔，"唰唰唰"地在黑板正中写下了三个大字，然后回过头来，笑着说道："同学们，这是我的名字，大家认认看，能不能叫出来？""呵！这也叫见面礼啊？老套路嘛。"有同学声音低低地与同桌嘀咕道。可待大家定睛一看，黑板上的三个字居然反着写的，而且是流畅的行楷，我们很难辨认。也有同学反应过来，老师刚才书写时并没按套路出牌，她用的是左手。左手写反字，我们还是第一次见到，而且还是那样的行云流水，可想而知，我们这些小屁孩当时完全懵了。大家顿时肃然起敬，翘首等待老师揭晓答案。老师却没有多语，依旧拿起粉笔，伴随着我们的一字一顿地跟读，工工整整地在黑板上又写下三个大字：蒲－晓－蓉。不过这次用的是右手，而且写的是正楷。原来如此！答案一揭晓，大家掌声四起，算是对我们与众不同的新老师的热烈欢迎和佩服认可。

之后，我记得蒲老师利用她左手写反字的契机告诉我们，每个人都应该有一手独门绝技，只有这样，我们才是一个独特的自我，才有可能活出自我的价值。比如学语文，如果不能样样精通，至少要培养某一方面的素养，要么能写一手龙飞凤舞的好字，要么能写一手洋洋洒洒的好文章，再不济慎思善辩、能说会道也不错，生活中，与人交际、工作交流、报告演讲都离不开它。而这一切，须得我们有深厚的文学积淀，那就得读书，读书，再读书。她告诉我们，读书要趁年少，年龄越长，想法越多，琐事也越多，那时候想读书却不容易静下来了。总之第一节见面课，老师给我们讲了很多道理，尽管许多东西我们似懂非懂，且后来差不多都忘了，但于我而言，"要掌握一门拿手绝活"的想法却是从那时坚定地树立起来的。

随着时间的推移，我们对蒲老师的了解日渐深入。其实，作为语文老师，左手写反字并不是她唯一的"绝活"，老师还能写一手好文章。记得刚入学时，班主任介绍任课老师情况时说我们很幸运，因为我们的语文老师是一位才女。初一小孩对"才女"没什么概念，只是无端地喜欢往她的博客或者QQ空间跑，因为在她的空间说说和日志里，总能发现一些我们想表达却表达不出来的内容。逛的时间长了，我们逐渐发现了一些小"秘密"，原来我们课堂上有时候用的一些课文，居然是蒲老师自己写的东东。到现在我都还记得老师在教授现代文诗歌时，用的是她的一首小诗《冬眠》，而学《鲁迅自传》时，她又不失时机地用上了她的《三十年河东》。这些东西，不仅让我们认识了诗歌与自传，也让我们从中读到了老师的思想与灵魂。与文字同步，蒲老师还经常叫我们吟唱一些诗词歌赋，比如李煜的《虞美人》，比如岳飞的《满江红》，又比如由《蒹葭》改编而成的歌曲《在水一方》等等。别人班都是媒体播放这些诗词改编的歌曲，但蒲老师似乎什么都会，她总是一句一句情真意切地亲自教我们吟唱。老师嗓音婉转，千折百回，这无形中让我们对她又多了几分喜欢和钦佩。记得我爸读了我拿回家的语文资料上的蒲老师梳理的文字后说，你们的确很幸运，遇到的是一个有情怀有素养的语文老师。

都说现今的义务教育是应试教育，老师们把成绩看得比命还重，可蒲老师身上却少有这样的印迹。这并不是说蒲老师不重视我们的学业，我个人觉得她只是更注重过程而已。初中三年，大大小小的测评考试经历了不少，无论成绩多么的不理想，我从来没见老师冲大家大发雷霆过，她对成绩的分析往往是轻描淡写的。倒是每次测评前，她会精心给大家设计复习方案，梳理复习提纲，交给我们行之有效的复习方法，然后辅之以她的热情鼓励和暖心的陪伴。最后上考场的时候，她总是会站在讲台上激情昂扬高声地问上大家一句"孩儿们，有没有信心？"，我们也总是一同地高声回应："有！"。其实，有老师这样智慧的引领，我们的学业测评还就没怎么考差过。所以就教学而言，我觉得我们的蒲老师绝对算得上是智慧型老师，因为平日里她看上去并不是很拼，甚至有些同情我们这些背负压力的学生。你很难看到她提前进教室争分夺秒，她也不会没日没夜地伏案苦批作业。课外活动时，其他老师为了辅导学生办公室门前经常门庭若市，蒲老师办公室却总是门可罗雀。

为人师者有很多类型，如规则至上型、善解人意型、知识学者型、灵活变通型、诙谐幽默型等等。如果要让我为蒲老师画像，我还真没法给她归类。要说她不讲规则不懂幽默，我们却经常能听到她在课堂上戏谑开小差的同学：

"学习是主流，不学习就是'非主流'！"

"看我干吗？看黑板噻！"

听到这些我们总是要笑上一阵，因为当时"非主流"在蒲老师那里是不入流的，但在我们小孩子这里，却是一种与时代合拍的时髦，好多同学还争相效仿追赶呢。而"看我干吗"也是有潜台词的，它的下一句往往是"我有那么漂亮吗？"或者是"难不成答案在我脸上？"此言一出，她自己会先为这种俏皮的调侃笑了。要说她不善解人意，却经常能看到她和一些情绪不好的同学谈心疏导，有些同学甚至把不愿跟班主任透露的小秘密说给她听。

一般来说，老师都比较偏爱尖子生，蒲老师似乎是个例外，她对尖子生要求很严格，相反，对弱差生倒更为关注和爱护。这种情感流露，除了平日在教室里耳濡目染，在她的空间日志里我们也经常能读到体会到，其中给人印象较深的是《可怜的秋香》，那种溢满字里行间的悲悯情怀至今还令人感动不已。至于知识学者，蒲老师身上也绝不缺少那种气质，记得她在给我们上鲁迅小说《孔乙己》时，前后足足花了得有六节课。从鲁迅先生的生平到思想，从其择业到作品，从婚姻到家庭，经蒲老师透彻讲解后，我觉得自己对鲁迅先生的了解从来没有那么地全面深入过！

蒲老师有时像个慈母，她性情温婉，站在讲台上的她永远是微微含笑的，她讲课语速不疾不缓，声音不高不低，讲的东西深入浅出，简单易懂，知识线条清晰而有条理。那时候我们几乎所有的学生都认为，上她的语文课最为放松，不像其他科目让人紧张，甚至大气都不敢出。有时候她又略显孤傲，像是故意要和我们这些学生保持着一定的距离。有同学说蒲老师不怒自威，自带气场，能让"小兵小虾"见了退避三舍（这也是我们在她课堂上虽感轻松自在却又不敢造次的原因）。但这并不影响我们对她发自内心的敬慕和爱戴。

一日为师，终身为父。蒲老师曾在她的空间里写文字感念过让她难忘的师长，如今她告别了三尺讲台，走向了属于她的另一种全新生活，且让我也为她留下些文字，算是代表她曾经带过的学子们对她的诚挚祝福，这也是对她几十年教学生涯的一种致敬，愿我们的老师来日一切安好，愿我们的蒲姐永远年轻！

2018年2月

窗前有棵银杏树
CHUANGQIANYOUKEYINXINGSHU

　　（注：此文作者系我在富乐中学执教期间所教学生，就读于中山大学，现已毕业。此文是我离开教学岗位后的第二年寒假她送给我的一份新年"礼物"，也算是执教多年后学生为我画的一幅"肖像画"吧。）